달콤쌉싸름한 꿀벌

클레르 카스티용 지음
김주경 옮김

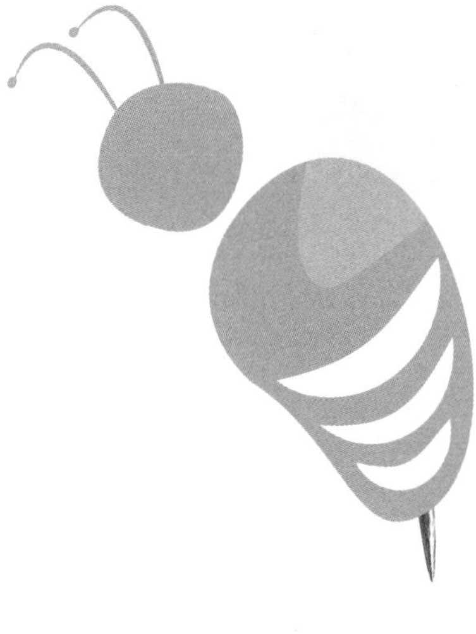

씨드북

목차

등장인물 소개

장 이 책의 주인공. 엉뚱한 생각을 많이 하지만 항상 솔직하고 다정한 소년.

꿀벌 장의 풋사랑. 새침하고 마음의 키가 작은 평범한 소녀.

조에 장의 친누나. 통통하지만 빨리 달리고 글을 잘 쓰는 따뜻한 소녀.

카트린 장과 조에의 엄마. 아이들 걱정이 너무 많고 예민하고 비쩍 마름.

크리스티앙 장의 아빠. 가정적이고 따뜻하지만 다혈질인 피부과 의사.

수염 할매 장의 친할머니. 언제나 다정하고 상냥한 노부인.

무릎 할배 장의 친할아버지. 사고로 다리 하나를 잃었지만 변함없이 친절하고 긍정적인 노신사.

쥐스틴 아줌마 늦깎이 신부로 장의 대모이자 동맹군.

레몽드 할머니 장의 외할머니. 외모 지상주의자이며 잔소리 대마왕.

랑베르 장의 단짝. 가끔 욱하기는 하지만 언제나 유머러스한 소년.

캐러멜 빛깔의 막이 오르다

그 애의 이름은 꿀벌이다.

그 애를 처음 본 순간, 난 그 애의 목덜미가 캐러멜 빛깔일 거라고 확신했다. 그 애와 나는 쥐스틴 아줌마와 폴 에밀 아저씨의 결혼식에서 처음 만나 두 곡의 로큰롤 댄스를 췄다. 쥐스틴 아줌마는 엄마랑 가장 친한 친구이자 나의 대모이다. 꿀벌과 나의 로큰롤 댄스가 겨우 두 곡 만에 끝나 버린 건 순전히 엄마 탓이다. 엄마가 댄스 곡이 시작될 때부터 디제이를 향해 온몸을 흔들면서, 큰 소리로 느린 독일 노래를 요청했기 때문이다. 아빠는 그런 엄마를 놀려 주려고 엄마 아닌 다른 여자에게 춤을 청하는 척하기도 했다. 어쨌든 로큰롤 댄스를 더 출 수 없게 된 꿀벌과 나는 다시 고양이 잡기 놀이를 했다. 그게 벌써 1년 전 이야기다. 그때만 해도 난 아직 어렸다. 그래서 꿀벌 앞에 있는 내내 얼굴이 빨갛게 달아올랐다. 아마도 그때 날 본 사람들은 내가 들판을 너무 쏘다녀서 얼굴이 탄 거라고 생각했을 것이다. 아무튼 그날부터 난 어떻게 하면 꿀벌의 소식을 들을 수 있을지 고민하기 시작했다.

나는 노부인들이나 사용할 듯한 작은 핸드백을 들고서, 머리에 왕관을 쓰고 있는 꿀벌을 처음 보는 순간, 한눈에 알아봤다. 내 친구로 삼아도 될 소녀가 분명했다. 좋은 여자 친구와 사랑하는 여자를 따로 둘 필요가 있을까? 꿀벌은 틀림없이 두 가지 역할을 혼자서 충분히 하고도 남을 소녀일 것이다. 전에 내가 사랑하던 여자애 루는 지나치게 말괄량이였다. 그에 비해 난 어떤 남자애인가 하면, 아주 사려 깊고 꽤 재미있으며 머리도 썩 좋은 편이다. 한마디로 굉장히 괜찮은 남자애다. 그러니 루보다 더 사랑스러운 피앙세를 만날 자격이 있지 않을까……? 난 꿀벌이 개성이 강하면서도 내가 싫어할 만한 결점이라곤 하나도 없는 소녀라는 걸 첫눈에 알았다. 그러나 루는 그렇지 않았다. 어느 날 아빠한테서 완전히 놀라 자빠질 이야기를 듣고 말았는데, 루의 뺨에 있는 애교 점이 지금은 귀여워 보여도 시간이 흐르면 사마귀*로 변한다는 것이다. 나는 오이나 파, 부추처럼 기다란 채소에 알레르기가 있는 사람이다. 그러니 그것만 보더라도 루와 나의 사랑엔 미래가 없다고 봐야 한다. 하지만 꿀벌과 나라면 모든 게 가능할 것이다.

* 사마귀를 프랑스어로 'poireau' 라고 하는데, 'poireau' 는 사마귀를 뜻하기도 하지만 야채인 파를 가리키는 말이기도 하다.—옮긴이

우린 시청 현관 앞에서 신부를 기다리고 있었다. 그동안 엄마는 조에 누나에게 한마디 하고 싶은 걸 어떻게든 참아 보려고 입술을 꼭 오므리고 있었다. 그건 사람들, 특히 아빠가 엄마더러 절대로 누나에게 하지 말라고 당부한 말이 있어서인데, 바로 이 말이다. "사랑하는 우리 딸! 네가 엉덩이 양쪽에 한 개씩 달고 있는 지방 덩어리 좀 보렴. 거기서 2리터짜리 물병 여섯 개만큼의 지방을 덜어 낸다고 상상해 봐. 몸이 얼마나 가뿐해지겠니! 지금보다 훨씬 더 빨리 달릴 수 있을 거야. 뿐만 아니라 다른 많은 것들도 즐길 수 있을 거란 말이야……."

조금 전까지도 아빠는 주차할 자리를 찾아 빙빙 돌면서 계속 투덜거렸다.

"세상에! 주차할 자리도 없는 이런 망할 놈의 장소가 있나!"

엄마는 시청에서 최대한 가까운 곳에 내려 줘야 한다고 고집했었다. 파티용 구두를 신고 있어서 집을 나서면서부터 발이 아팠기 때문이다.

"카트린! 당신은 발이 너무 예민해서 탈이야. 피부가 지나치게 약하다니까!" 아빠는 차를 타고 오는 내내 그 말만 되풀이했다. 엄마는 대답 없이 창밖만 내다보았다. 아마 피부에는 별로 신경 쓰지 않으면서 발 마사지를 잘해 주는 남편을 꿈꾸고 있는 것 같았다. 조에 누나는 그런 엄마에게 사탕을 내밀면서 "엄마, 사랑의 사탕이에요. 고민이 있을 때 드시면 한결 마음이 편해질 거예요"라는 말로 분위기를 바꾸었다. 엄마는 말없이 사탕을 받았다. 하지만 난 알고 있다. 엄마가 사탕을 받은 건 먹고 싶어서가 아니라, 누나가 먹는 걸 하나라도 줄여 보려는 생각 때문이라는 것을.

요즘 들어 조에 누나는 자신이 살찐 것을 몹시 원망하고 있다. 누나의 과체중이 엄마의 마른 몸매를 더 여위게 만들고 있는데, 누나의 몸무게가 늘어날수록 엄마의 걱정은 느는 반면, 엄마의 식사량은 줄어드는 탓이다. 그래서 어느 날 아빠가 엄마에게 단단히 이르기를, 절대로 누나에게 과체중이라는 말, 특히 허벅지와 엉덩이에 지방 덩어리를 물주머니처럼 달고 다닌다는 표현을 쓰지 말라고 했다. 그날 이후 엄마는 그 표현을 꼭 쓰고 싶어서 입이 간질거리는 걸 꾹꾹 눌러 참고 있다. 그러나 물주머니 같은 지방 덩어리라는 말 대신, 이번엔 "짐 가방 같은 살덩어리"라는 표현이 등장했다. "귀여운 우리 딸, 네가 양쪽 엉덩이에 달고 다니는 그 짐 가방 같은 살덩어리 말이야. 책이 잔뜩 들어서 무거운 그 짐 가방 같은 살덩어리를 네 몸에서 떼어 냈다고 상상해 보렴. 얼마나 가뿐하고 날아갈 듯하겠니! 그러니 제발 그 과자 상자 좀 닫을 수 없을까?" 그런 엄마에게 엄마 친구들이 조에 누나의 몸무게 문제에 더는 잔소리를 하지 말라고 진지하게 충고했고, 소아과 의사도 같은 이야기를 권했으며, 아빠는 강요하기까지 했다. 하지만 엄마는 자신도 모르게 그 말을 자꾸 입 밖에 내고 만다. 그건 아마도 엄마의 엄마인 레몽드 할매가 누나가 비만이라며 엄마를 끊임없이 들볶기 때문일 것이다. 할머니의 본래 이름은 조르제트인데, 할머니는 자기 이름을 너무나 싫어해서 우리더러 꼭 레몽드라고 부르라고 한다. 아무튼 엄마가 마지못해 사탕을 집어 들고 입에 넣을까 말까 고민하고 있을 즈음, 엄마의 친구이자 나의 대모인 쥐스틴 아줌마가 웨딩드레스를 입고 모습을 막 드러냈다. 제일 친한 친구가 늦깎이 결혼을 한다는 사실에 감격한 엄마는 소리 없이 눈물을 흘렸다. 그러나 엄마는 울음이 터져 나오는 걸 참느라 입술을 꼭 다물고 있으면서도 내게 이렇게 속삭였다.

"자노, 네 생각은 어떠니? 네 누나가 일주일만 사탕을 안 먹어도, 양쪽 엉덩이에서 적어도 물 한 병 정도의 무게는 빠질 것 같지 않니? 그렇지?" 내 이름은 '장'이지만, 우리 식구들은 나를 '자노'라고 부른다.

난 엄마에게 대답 대신 미소를 지어 보였다. 엄마가 불안해할 때 따라오는 최악의 결과는 그런 엄마를 아빠가 비난하는 것이다. 우리 아빠는 너무 빨리 화를 내는 경향이 있다.

“카트린, 또! 또! 모두들 당신에게 제발 입 좀 다물고 있으라고 한 것 잊었어?”

아빠가 손가락으로 열쇠 꾸러미를 돌리면서 엄마에게 잔소리를 했다. 그러자 이번엔 엄마가 아빠더러 제발 열쇠 꾸러미 좀 주머니에 집어넣을 수 없느냐고 잔소리를 했다. 아빠가 열쇠를 주머니에 넣은 채 또다시 만지작거리자, 엄마는 그것도 짜증이 난다며 언짢은 표정을 지었다. 이처럼 조에 누나의 몸무게는 자주 아빠와 엄마가 다투는 원인이 되곤 한다. 엄마는 아빠가 소아정신과 전문의였으면 좋았을 거라고 한탄하고, 아빠는 피부병에 대한 자신의 열정을 엄마가 너무 대수롭지 않게 여긴다며 섭섭해한다.

“그거야 우리 애들은 여드름이나 뾰루지 같은 게 안 나니까 그렇죠.” 그때마다 엄마는 늘 이렇게 변명처럼 투덜댄다. 그러면 아빠는 이렇게 장담을 한다.

“모르는 소리! 우리 애들도 곧 여드름이 생길 테니까 두고 봐요.”

만일 조에 누나가 살이 찌지 않았다면, 아빠와 엄마는 틀림없이 내 머리카락 때문에 다퉜을 것이다. “카트린, 자노의 앞머리가 너무 긴 것 같지 않아?” 하고 아빠가 말하면, 엄마는 “크리스티앙, 앞머리가 긴 게 아니라, 뒷머리가 너무 짧은 거예요” 하고 정정한다.

그런 아빠와 엄마가 못 본 척하는 게 있는데, 그건 조에 누나가 나보다 훨씬 빨리 달린다는 사실이다. 난 얼마 전까지만 해도 누나가 나보다 네 살이나 많기 때문에 나보다 더 빠른 거라고 생각했다. 하지만 지금은 생각이 좀 달라졌다. 나이 때문이 아니라, 오히려 당분이 누나에게 에너지를 주기 때문에 빨리 달릴 수 있다는 생각이 든 것이다. 누나는 자기의 신체와 관련된 주제는 절대로 입에 올리지 않는다. 난 누나가 자신의 모습을 정면에서 보지 않으려고, 거울 앞에 설 때마다 옆모습만 힐끗 보고 만다는 걸 알고 있다.

그날 그 애는 시청 앞뜰에서 고양이 잡기 놀이를 하고 있었다. 난 양복을 입고 있었기에, 다가가서 함께 놀아도 될지 어떨지 좀 망설여졌다. 그래서 우선 좀 떨어져서 지켜본 다음에 결정하기로 했다. 마침 지난여름의 아쉽던 한 장면도 떠올랐기 때문이다. 그때 난 바닷가에서 나보다 어린 친구들을 만나서 막 모래 놀이를 시작한 참이었는데, 문득 사방을 둘러보니 조금 떨어진 곳에서 조금 더 나이 많은 아이들이 함께 놀고 있던 것이다. 내 또래 아이들이었다. 그때 아차 하는 생각이 들었다. 내가 자기보다 어린 조무래기들과 노는 바보처럼 보이지만 않았다면, 틀림없이 그 애들이 나를 자기들 무리에 끼워 줬을 터였다. 대모의 결혼식 날, 내가 좀 생각할 시간을 갖기로 한 건 바로 그 때문이었다. 난 두 무리 중 하나를 택해야 했다. 누나와 함께, 여기 와서 친구가 된 다섯 살에서 열다섯 살까지의 아이들과 고양이 잡기 놀이를 할 건지, 아니면 다를 바 없는 아이들이지만 사돈이 될 가족의 아이들과 놀 건지! 난 새신랑의 조카인 꿀벌이 속하지 않은 무리, 그러니까 누나가 있는 쪽을 택하기로 했다.

꿀벌, 넌 귀도 예쁘구나!

신부인 쥐스틴 아줌마는 시청 예식장에서 아이들이 모두 자기 뒤에 앉길 바랐다. 그건 예상치 못한 주문이자 모순적인 태도였다. 아줌마는 본래 아이들을 싫어하기 때문이다. 어쨌든 우리는 신부의 뜻에 따라, 숨소리가 거친 뉴펀들랜드 품종 개인 다가두와 함께 바닥에 두 줄로 앉았다. 쥐스틴 아줌마와 폴 에밀 아저씨는 결혼반지를 꿀벌에게 맡겼다. 꿀벌은 오빠 이고르와 바짝 붙어 앉아 있었는데, 이고르는 혹시라도 쥐스틴 아줌마가 다른 남자와 재혼을 하게 되면 내가 사돈이 아닌 친구로 만나고 싶다고 생각한 애다. 하지만 생각해 보니 꿀벌과 이고르가 폴 에밀 아저씨의 조카인 까닭에, 쥐스틴 아줌마가 아저씨와 헤어지고 나면 두 아이를 초대할 일은 거의 없을 것이다.

드디어 신랑 신부가 서로의 손가락에 반지를 끼워 주는 시간이 왔다. 꿀벌이 일어났다. 그리고 신랑 신부에게 반지 두 개를 내밀었다. 주례를 보는 시장이 꿀벌에게 "꼬마 숙녀님, 고마워요"라고 인사를 했다. 그러자 꿀벌은 금속 교정기를 낀 이를 보이며 약간 비쭉거리는 입술로 하객들을 향해 미소를 지었다. 나도 교정기를 달았었기에 교정기를 빼면 다시 입 모양이 정상적으로 돌아온다는 걸 알고 있어서 조금도 놀라지 않았다. 그래서인지 마음이 아주 평온해지면서, 드디어 내 사랑을 만났다는 확신이 더욱 커졌다. 왠지 내 인생이 갑자기 활기차고 멋지게 느껴졌다. 꿀벌 덕분에 나 자신이 더 크고 강한 남자가 된 기분이었고, 몹시 더운 날씨에도 불구하고 전혀 지치거나 피곤하지 않았다. 꿀벌은 팔 부분을 불룩하게 만든 퍼프소매를 걷어 올리면서 얌전하게 자리에 앉았다.

'꿀벌아! 그냥 두 팔을 소매에서 빼서 드레스 속에 집어넣어. 그래야 소매가 널 더는 안 괴롭히지. 아, 그리고 그 개는 만지지 마! 그 녀석에게선 냄새가 난단 말이야. 꿀벌, 어때? 너만 괜찮다면, 우리 둘이 오렌지 주스 마시러 갈래? 예쁜 유리잔에 빨대 두 개를 넣고 함께 마시는 거야. 이제 내겐 세 번째 별이 생겼어. 이제까지는 별이 두 개만 있었는데 말이야. 두 별은 물론 우리 엄마랑 누나지. 난 네가 참 예쁘다고 생각해. 특히 뒷모습이! 정면에서 봐도 넌 우리 엄마보다 훨씬 예뻐. 정말이야. 우리 아빠는 표정이 약간 심각한 편이지만, 그건 우리 아빠가 진중해서 그런 거야. 그런데, 꿀벌아! 네 핸드백은 할머니한테서 빌린 거니? 너희 할머니는 나이가 몇이시니? 우리 누나는 몸무게가 너무 많이 나가서 문제고, 엄마는 너무 말라서 문제래. 아, 난 결혼식은 언제나 즐거운 것 같아. 넌 안 그러니? 난 말이야, 아빠 말을 들어야 할지 엄마 말을 들어야 할지 잘 모르겠어. 아빠 말대로 앞머리를 더 잘라야 할지, 아니면 엄마 말대로 뒷머리를 더 잘라야 할지……. 어때? 내 유머가 마음에 드니? 있잖아, 난 네 귀가 마음에 쏙 들어. 넌 귀도 참 예쁘구나. 꼭 바닐라 열매같이 생겼어. 그런데 자세히 보니, 귀 두 개가 똑같이 생기진 않았구나.'

이게 모두 꿀벌이 자기 오빠랑 다가두와 함께 재미있게 놀고 있는 동안에 내가 머릿속에서 생각한 문장들이다. 다가두는 아무리 쓰다듬어 줘도, 심지어 발바닥을 간질여도 아무 반응도 표정도 없는 개다. 그러는 사이에 쥐스틴 아줌마가 폴 에밀 아저씨에게 "네"라고 대답했고, 폴 에밀 아저씨도 쥐스틴 아줌마에게 "네"라고 대답했다. 그때 엄마가 아빠를 바라보면서 약간 우아한 태도로 훌쩍거렸다. 그러자 아빠가 엄마에게 살짝 윙크를 했다. 나는 아빠가 윙크할 때 열쇠를 돌릴 때처럼 잘그락거리는 소리가 난 게 아닐까 상상을 해 봤다. 아빠의 윙크를 보자마자 엄마가 몹시 거북한 표정을 지으며 얼굴을 싹 돌렸기 때문이다. 옮겨 간 엄마의 시선은 조에 누나에게로 내려앉았다. 그때 다른 아이들과 함께 바닥에 앉아 있던 누나는 천사의 미소를 짓고 있었다. 아마도 이 순간이 특별히 낭만적이라고 생각한 것 같다.

그런 누나를 보며 엄마는 틀림없이 이렇게 생각했을 것이다. '에효, 조에! 엉덩이와 허벅지에서 물주머니 몇 개만 덜어 내면 너도 쥐스틴처럼 저렇게 아름다운 신부가 될 수 있을 텐데…….'

우린 신랑 신부를 향해 축하의 쌀알을 뿌리지 않았다. 전 세계에서 극심한 기아로 죽어 가는 사람들이 많기 때문이다. 환경을 생각해서 색종이 조각을 날리는 것도 하지 않았다. 대신 장미 꽃잎을 뿌렸는데, 그것도 단 한 번 뿌리는 걸로 만족했다. 장미 꽃잎이 많이 모자랐기 때문이다. 그러고 나서 손님들은 모두 신부의 집으로 가기 위해 자동차 행렬을 이루었다. 그곳에서 파티를 열기로 한 까닭이다. 꿀벌과 이고르는 벌써 자기들 아빠 엄마와 함께 번쩍거리는 빨간 차에 올라타서, 창문으로 얼굴을 내밀고 있었다. 반면에 나와 누나는 창문을 완전히 닫은 채 회색빛 고물 차의 에어컨을 쐬고 있었다. 엄마는 에어컨의 찬바람을 우리 발이 있는 쪽으로 보내는 습관이 있기 때문에, 누나와 나는 언제나 추워서 오들오들 떨어야 할 정도다. 내 생각엔 엄마가 조에 누나의 살을 조금이라도 빼고 싶어서 그러는 것 같다. 차가 출발하자 누나가 아빠에게 자기가 좋아하는 시디를 넣어 달라고 부탁했다. 그러곤 큰 소리로 아주 멋지게 따라 불렀다. 엄마가 고개를 돌려서 누나의 노래와 목소리를 칭찬했지만, 난 엄마가 여전히 누나의 엉덩이에 달린 지방 덩어리를 생각하고 있다는 걸 알 수 있었다. 얼마 후에 아빠가 뉴스를 들어야 한다면서 노래를 껐다. 그러나 조에 누나는 불평하지 않았다. 그저 더 작게 노래를 불렀을 뿐이다. 엄마는 쥐스틴 아줌마가 입은 신부 드레스에 대해 길게 평을 하기 시작했다.

시청에서 하는 결혼식에서 입기엔 지나치게 격식을 갖춘 스타일인 데다가 신부가 입기엔 너무 섹시한 의상이었다는 것이다. 더욱이 지금까지 보여 준 쥐스틴 아줌마의 자유분방한 삶을 생각하면, 드레스가 지나치게 청초한 순백의 분위기를 풍겼다고 했다. 그러자 아빠가 엄마의 의견에 전적으로 동의한다면서 이렇게 덧붙였다.

"카트린, 어쨌거나 마흔 살에 결혼을 하게 되었으니 그보다 다행인 게 없잖아!"

그러자 조에 누나가 한마디 했다. 아빠와 엄마는 왜 항상 친구들에 대해서 안 좋은 말을 하느냐고. 그러자 엄마는 조에의 말이 옳다면서 아빠에게 말했다.

"크리스티앙, 적어도 아이들 앞에서만은 부정적으로 보는 시각을 바꿔 보자고 우리 둘이 약속했잖아요."

"맞아, 카트린, 분명히 인정할 건 인정해야지. 하지만 그게 말처럼 쉽지가 않네." 아빠가 엄마에게 말했다.

그러고 나서 아빠는 또다시 복잡한 자동차 행렬과 경적 소리와 자동차들의 속도에 대해 불평과 비난을 쏟아 내기 시작했다. 드디어 신랑 신부의 집에 도착했을 때였다. 뷔페식으로 차린 상을 보고 아빠가 이번에도 막 불평을 시작하려던 참인데, 한발 빠른 엄마에게 기회를 빼앗기고 말았다.

"세상에! 물 한 잔 마시는 것도 1시간은 족히 기다려야겠군. 이걸 파티라고 해도 될까!"

그러고 나서 두 사람은 얼굴을 마주 보고 멋쩍은지 웃음을 터뜨렸다.

나는 엄마의 눈을 피해 자동차에서 살며시 내렸다. 엄마가 나를 보면 땀에 젖지 않도록 양복 재킷을 벗으라고 큰 소리로 말할 것 같아서였다. 레몽드 할매의 말처럼, 내게도 이제 막 사춘기의 표정들이 슬슬 나타나기 시작하는 참이다. 마침 꿀벌이 자동차에서 내리고 있었다. 나는 그 애가 문 여는 시간에 딱 맞춰서 우리 차 문을 열고 싶었다. 그 애와 내가 내는 차 문 소리가 연이어 나기보다 동시에 딸칵 하고 나길 바랐기 때문이다. 음악 선생님 말씀에 따르면 동시에 낸 두 음이 듣기 좋게 어울릴 때, 그것을 화음이라고 한다. 모든 게 완벽했다. 꿀벌이 나의 그런 시도를 전혀 눈치채지 못했기 때문이다. 그 애는 자기 오빠에게 손을 내밀려고 잠깐 몸을 돌렸을 뿐, 계속 자기 길을 갔다. 그러고는 다시 고양이 잡기 놀이가 시작되었고, 덕분에 다가두는 마침내 아이들의 손에서 벗어날 수 있어서 안도하는 것 같았다. 그러다 어느 순간, 폴 에밀 아저씨네 친척인 한 아이가 재미있는 아이디어를 냈다. 신랑 쪽 아이들과 신부 쪽 아이들이 함께 놀면 어떻겠느냐는 거였다. 그래서 드디어 나도 꿀벌의 팔이나 등에 손을 댈 수 있게 되었다.

"난 네가 싫어!"

꿀벌이 고양이가 되었을 때, 내가 그 애의 팔을 툭 치자 그 애는 날 향해 그렇게 외쳤다. 난 달아나다가 그 애의 말이 무슨 뜻인지 이해되지 않아 잠깐 멈칫하는 사이에 또다시 고양이가 되고 말았다. 조에 누나는 내가 움직이지 않고 가만히 있는 걸 보고 다가와서 말했다.

"장! 나를 쳐. 피곤한 모양이구나. 내가 대신 고양이가 되어 줄게!"

우리 누나는 정말 멋지다! 그렇게 해서 조에 누나가 고양이가 되어 꿀벌을 쳤다. 꿀벌은 누나에게도 똑같이 소리쳤다.

"난 네가 싫어!"

난 고양이 잡기 놀이를 안 한 지 한참 되었다. 그래서 그사이에 새로운 규칙이 생긴 건지 궁금해졌다. 자기를 친 사람에게 그렇게 심한 말을 하는 규칙이……. 그래서 다른 아이들은 어떻게 말하는지 귀를 기울여 보았다. 그랬더니 이고르가 조에 누나에게 하는 말이 들렸다.

"너, 내 손에 걸리기만 해 봐!"

살로메는 악셀에게 이렇게 말했다.

"넌 이제 죽었어!"

그러자 악셀이 메데릭에게 이렇게 말했다.

"너 쓴맛 좀 볼래?"

뭔가 위협적인 말을 해야 하는 것 같았다. 그래서 다른 아이가 나를 쳤을 때 이렇게 소리쳤다.

"조심해!"

그때 이고르가 꿀벌에게 하는 말이 들렸다.

"야, 장이라는 친척 애, 좀 이상하지 않냐?"

꿀벌이 내 마음을 훔쳐 갔어요

친척? 꿀벌과 내가? 그 애와 내가 친척이라면 혹시 우리에게 사랑이 금지된 건 아닐까? 물론 엄마에게 물어보면 되지만, 엄마는 왜 그런 걸 묻느냐고 되물을 게 틀림없다. 내가 끊임없이 왜라고 묻는 나이에서 벗어난 후로, 이제는 엄마가 나 대신 끊임없이 왜라고 묻는다. 만일 내가 엄마에게 꿀벌이 내 머릿속을 꽉 채우고 있기 때문이라고 대답하면, 엄마는 즉시 쥐스틴 아줌마에게 전화를 걸어 그 이야기를 할 게 뻔하다. 아빠는 엄마랑 아줌마, 두 사람 모두 구제 불능이라면서, 비밀스러운 말은 엄마에게 한 마디도 할 수 없다고 한탄했다. 뭐든 엄마에게 말만 했다 하면 당장 엄마의 절친인 나의 대모에게로 전해지기 때문이다. 엄마와 아줌마는 다섯 살 때부터 알고 지낸 터라, 서로에게 어떤 비밀도 없다. 물론 엄마가 아줌마의 웨딩드레스에 대해 약간 비꼬는 투로 평을 한 건 예외지만!

아빠는 엄마가 쥐스틴 아줌마에게 이야기를 옮길까 봐 엄마에게 말하길 거부하는 경우가 자주 있다. 지난달에 아주 매운 요리를 먹고 심한 배앓이를 했을 때도, 아빠는 아픔 때문에 신음하면서도 화장실에서 이렇게 외쳤다.

"내가 설사로 고생했다는 소식은 분명히 의사보다 쥐스틴이 먼저 알게 될 거야아아아아!" 그런데 정말 그 말까지 쥐스틴 아줌마에게 전해지고 말았다.

그래도 가족 관계에 대해 학교에서 발표할 게 있다고 하면 엄마에게 물어볼 수 있을지도 모른다. 아, 하지만 그렇게 되면, 발표 내용을 엄마에게 보여야만 한다. 만일 발표문을 간략하게 쓴다면, 또는 완벽하게 썼더라도 엄마가 바빠서 제대로 보지 못한다면, 엄마는 틀림없이 나중에라도 몇 점을 받았는지 물어볼 것이다. 그러니 아무리 생각해도 그 문제에 답해 줄 수 있는 적격자는 조에 누나밖에 없다. 누나는 아직 고등학생도 아닌데 벌써 모르는 게 없다. 허벅지와 엉덩이의 물주머니가 커지면서 누나의 지식도 점점 늘어 가는 것 같다. 마침내 난 누나에게 친척하고도 사랑할 수 있느냐고 물었고, 누나는 이렇게 대답했다.

"친척이라도 얼마나 가까운 친척이냐에 따라 달라."

그래서 난 먼 친척에겐 근친관계가 적용되지 않는다는 걸 알게 되었다. 사촌만 아니면 된다는 이야기다. 누나는 이런 설명까지 덧붙였다.

"장, 그건 일반적인 사람들의 경우야. 나처럼 살이 찐 아이는, 아무리 먼 친척이라도 나와 결혼하려는 사람이 없을 거야. 두메 오빠나 나랑 결혼하려고 할까……. 게다가 사람들은 내가 결혼한다면, 상대가 사촌이라고 해도 상관하지 않을 거야. 결혼할 수 있다는 것만으로도 다행이라 생각해서 어서 하라고 난리일 테니까! 그런데 왜 그런 걸 묻니? 혹시 사촌을 좋아하게 된 거야?"

엄마 말이 맞았다. 조에 누나는 정말 예민하다. 누나는 모든 걸 다 알고, 다 꿰뚫어 본다. 누나는 자유 글짓기에서 20점 만점에 17점이나 받았다. '내가 가느다란 철사라면 얼마나 좋을까'라는 제목의 글이었다. 그런 누나는 내가 내 이야기를 하고 있다는 걸 금방 알아챘다. 난 누나에게라면, 꿀벌이 내 마음을 훔쳐 갔다는 걸 고백할 수 있다. 그래서 누나에게 다 말했다. 그러자 누나가 미소를 지었다. 그러곤 절대로 입 밖에 내지 않겠다고 한 손을 들고 맹세까지 해 주었다. 내가 부탁한 것도 아닌데! 누나는 날더러 걱정하지 말고 마음껏 좋아하라고 말해 주었다. 그러면서 꿀벌은 우리 친척이 아니라, 그냥 내 대모의 남편의 동생의 딸일 뿐이라고 설명해 주었다.

어쨌든 한 가지는 확실하다. 조에가 나의 누나라는 것! 누나는 절대로 나를 놀리는 법이 없고, 언제나 내 고민을 자기 고민처럼 여겨 준다. 내가 태어나서부터 줄곧 그래 왔다. 어렸을 때도 내가 무릎을 다치기라도 하면, 누나는 언제나 엄마처럼 위로해 주었다. 난 누나가 방에 있을 때면 언제라도 누나 방에 마음대로 들어갈 수 있고, 내 스카치테이프를 다 쓰고 없을 땐, 누나의 것을 마음대로 쓸 수 있다. 누나는 내게 MP3도 빌려주고, 욕실도 먼저 쓰라고 양보해 준다. 누나보다 네 살 어리다는 이유로 아빠 엄마가 날더러 누나보다 먼저 들어가서 자라고 하던 시절에도, 누나는 잠을 안 자고 이불 속에서 손전등을 켜고 있는 나를 봐도 한 번도 나무라지 않았다. 누나는 내게 화를 내는 법이 없다. 언젠가 내가 누나의 물주머니에 대해서 물어봤을 때, 그때 꼭 한 번 화를 낸 것 같다. 그때도 누나는 단지 "넌 그렇게 말하지 마!"라고 말한 게 전부였다. "난 그냥 누나를 도와주고 싶어서 그런 거야" 하고 말하자, 누나는 내 머리를 가볍게 톡톡 쳤을 뿐이었다.

"적극적으로 고백해 봐." 누나는 자기를 '염두에도' 두지 않던 이고르와 그의 동생 꿀벌을 떠올리면서 그렇게 말했다. 그런 누나에게 내가 말하지 않은 게 하나 있다. 꿀벌이 원피스 소매 때문에 고생한 이야기만은 누나에게도 말하지 않고 나만 알고 있을 생각이다. 꿀벌의 비밀을 지켜 주고 싶어서다. 언젠가 엄마가 아빠더러 엉덩이 사이에 팬티가 끼어서 불편하다고 넌지시 말했는데, 그만 아빠가 모든 사람이 다 듣도록 큰 소리로 팬티에 엉덩이를 맞추라고 대답하는 바람에 엄마가 엄청 화를 내는 걸 본 적이 있기 때문이다.

난 조에 누나의 조언을 따를 수 없다. 적극적으로 고백하라니……. 대체 어디서부터 시작해야 하는 걸까? 난 그 애에 대해 아는 게 거의 없다. 꿀벌이라는 이름만 알고 있을 뿐, 성도 모르고, 어디 사는지도 모른다. 그래서 인터넷에 그 애의 이름을 몇 번 쳐 봤더니 꿀벌은 벌집에서 산다고 나와 있었다. 벌집의 사진도 보았다. 벌집에선 여왕벌이 알을 낳고, 일벌들이 쉬지 않고 일한다. 만일 꿀벌의 엄마가 여왕벌이고 꿀벌이 일벌이라면, 난 두 가지 중에서 하나를 선택해야 할 것이다. 여왕벌을 기쁘게 해 주기 위해 로열 젤리로 변할 것인지, 아니면 일벌인 꿀벌을 도와주기 위해 일벌로 변할 것인지.

"뭘 보고 있니?" 내가 거실 컴퓨터로 인터넷 검색을 하고 있을 때, 엄마가 뒤에 와서 물었다.

"음…… 꿀벌에 대해서 발표할 게 있어서요."

"멋지구나. 다 쓰고 나면 엄마에게도 보여 줄래?" 그러곤 엄마는 날더러 현관에 가서 내 신발들을 좀 정리하라고 말했다.

오늘은 일요일이다. 곧 사촌인 두메 형네 가족이 올 시간이다.

음음으로 이야기하는 이모

사촌 형 두메는 머리카락에 문제가 있는 병에 걸렸다. 아니 그보다는 머리카락이 없는 병이라고 해야 할 것이다. 말하자면 형은 대머리다. 형은 엄마의 언니인 아스트리드 이모와 똑같은 장애를 겪고 있다. 그래서 이모는 고민이 이만저만이 아니다. 아들이 태어났을 때부터 대머리가 될까 봐 몹시 염려하던 이모는 지금까지 계속해서 형에게 두건에 천 모자에 캡에 머플러에 가발까지 사다 주고 있다. 그런데 정작 형은 아무것도 덮지 않은 홀가분한 머리로 있기를 좋아해서, 이모가 모자나 쓸 것을 사다 주면 곧바로 잃어버리는 걸 즐기곤 한다. 두메 형이 머리 문제에 느긋한 것을 보면 다행으로 여기고 안심할 만도 한데, 오히려 이모는 몹시 속상해한다. 그래서 우리 엄마에게 아들의 '작은 문제'에 대해 끊임없이 불평을 터뜨린다. 그리고 '대머리'라는 단어를 입에 올리지 않으려고, 두메 형의 머리 증상을 이야기할 때면 에둘러 '음음'이라고 말한다. 두메 형의 음음은 아스트리드 이모의 삶을 괴롭게 만든다. 반면 엄마는 누나의 물주머니 고민을 충분히 이해할 수 있는 누군가가 있어서, 서로 고민을 털어놓을 수 있어서 얼마나 만족해하는지 모른다. 그래서 엄마와 이모는 만났다 하면 누나와 형 이야기로 고민을 주고받으며 즐거운 시간을 보낸다. 그러면 그동안 아빠와 이모부는 자동차 이야기를 하며 시간을 보내는데, 그건 두 사람 모두 별 흥미를 못 느끼는 주제다. 조에 누나는 그래도 그것이 아내들의 수다에서 도망치는 방법이라고 설명해 주었다. 말하자면 아빠와 이모부는 아내들이 한자리에서 제자리 운동을 하는 동안, 그곳에 붙잡혀 있기 싫어서 여기저기로 마구 달린다는 것이다. 난 아무래도 누나가 심리학자가 되지 않을까 생각한다.

두메 형도 멋진 남자다. 난 형에 대해 불평할 게 하나도 없다. 형이 장기를 가르쳐 줄 때면, 난 형의 말을 이해하려고 애쓰는 대신 공상에 잠기곤 하는데, 그래도 형은 내게 뭐라고 하지 않는다. 나 때문에 시간을 뺏기고 있다고 화를 낼 수도 있을 텐데……. 하지만 형은 그렇게 생각하지 않는다.

예를 들면 절대로 나를 쓸데없이 공상에나 빠지는 얼간이로 여기지 않는 것이다. 형은 내가 포기한 게임을 누나와 끝내는 걸로 만족했고, 그러면 누나는 대개 장기 말을 두세 번 움직여서 형을 참패시키곤 했다. 그러나 반대로 정원에서 놀 때는 형이 높이뛰기로 누나를 완전히 제압한다. 하지만 누나는 내기에서 질

때도 언제나 내게 깨달음을 준다. “머리카락이 없으니까 물주머니를 갖고 있는 나보다 가벼운 게 당연하잖아.” 두메 형은 조에 누나가 물주머니 이야기로 스스로 자신을 조롱하는 걸 아주 싫어한다. 그래서 그런 말을 하지 못하게 한다. 그건 형의 말이 백 번 옳다. 누나가 스스로를 그렇게 표현하는데, 어떻게 다른 사람들의 조롱에서 벗어나길 바랄 수 있을까? “사람들이 말하는 건 무시해, 그러면 그런 말들은 저절로 사라지게 마련이야.” 형은 누나에게 그렇게 말했다. 그러면 누나는 도전을 받아서 엄마 앞에서도 자기의 넓적다리를 두드리면서 이렇게 말한다. “자, 사랑스러운 친구들아, 우리 조금 달리고 올까?” 그러면 두메 형이 웃음을 터뜨린다. 하지만 그러고 나서 곧 누나를 격려한다. 조에 누나와 두메 형, 두 사람은 정말 사이가 좋다. 그리고 서로 아주 잘 통한다.

그런데 안타깝게도 두메 형이 자기에게 여자 친구가 생겼다고 우리에게 알려 줬다. 자기보다 한 살 많은 여자 친구라면서……. 이름이 베쥐브라고 했다. 아스트리드 이모는 베쥐브가 다행히도 결점이 하나도 없는 애라고 엄마에게 설명했다. 물론 미인 대회에서 1위를 할 정도의 미모는 아니지만, 솔직히 말해 두메를 좋아하고 있으니 그것만으로 충분하다고 했다. 아빠와 이모부는 아내들이 두메 형에 대해 하는 말이 듣기 어색했는지, 마치 여자들의 말이 안 들리는 것처럼 더 큰 목소리로 대화를 나눴다. 우리는 정원에서 식사를 하기로 해 샐러드를 들고 정원으로 나갔다. 그새 아빠와 이모부는 오토바이로 화제를 바꿨는데, 그것 역시 자동차만큼이나 관심 없는 주제이긴 마찬가지였다. 하지만 아빠들은 뭔가 대화를 해야 했기 때문에, 출발 직전인 구찌 오토바이의 모터 소리까지 흉내 내면서 이야기를 이어 갔다. 그래서 엄마들은 앵앵거리며 이야기했고, 아빠들은 부릉부릉 소리를 내며 이야기했다. 그리고 우리는 엄마가 준비한 꽃양배추, 오이, 당근을 싱거운 소스에 찍어 먹으면서 풀 뜯어먹는 당나귀처럼 히이이잉 소리를 냈다. 엄마는 조에 누나가 오이를 입으로 가져갈 때마다 아빠를 바라봤다. 두메 형은 베쥐브 누나 이야기를 너무 많이 했다. 그리고 시도 때도 없이 여자 친구에게 문자를 보냈다. 누나가 오이를 집어 먹을 때마다 한 통씩 보내는 것 같았다. 난 오이에 손도 대지 않았다. 기다랗게 생긴 채소에 알레르기가 있기 때문이다. 사실 난 두메 형이 쓰는 메시지를 보고 싶었다. 그래서 뭐라고 쓰나 보려고 애를 써 봤지만, 형은 능숙한 솜씨로 휴대폰 화면을 가렸다. 베쥐브 누나가 형에게 답장을 보낼 때마다 그 누나의 사진이 화면에 떴다. 솔직히 말하면 베쥐브 누나는 아스트리드 이모보다 훨씬 안 예쁘다. 난 아스트리드 이모가 베쥐브 누나에 대해 과장을 했다고 생각한다.

"굉장히 귀엽게 생겼네."

두메 형이 조에 누나에게 여자 친구의 사진을 보여 주자, 누나는 한참 들여다보고 나서 그렇게 말했다.

그러고 나서 형과 누나는 배드민턴을 치고 싶어 했다. 그런데 우리 집엔 배드민턴 채가 두 개밖에 없다. 그래서 내가 심판을 맡기로 하고 정원 안쪽으로 자리를 옮겼다. 난 엄마와 이모가 마음이 건강하지 못한 것 같아서 마음이 아프다. 두 사람 모두 서로의 자녀를 불쌍하게 여기고 있기 때문이다. 머리가 너무 벗겨져서 어쩌면 좋아. 너무 뚱뚱해서 큰일이지 뭐야. 엄마와 이모는 함께 있을 때면 얼마나 즐거워하는지 모른다. 서로를 가여워해 줄 수 있어서 그런 것 같다. 만일 엄마와 이모가 나의 중대한 비밀까지 알게 된다면, 두 사람은 골칫거리 문제가 두 가지만으로는 부족한 것처럼 하나를 더 갖게 되는 셈이다. 난 꿀벌을 좋아하는데, 꿀벌이 다름 아니라 우리 아빠를 '똥차'라고 부르며 말다툼을 한 남자의 딸이기 때문이다. 사실 두 사람의 말다툼은 그리 길게 가지 않았다. 그 자리가 결혼을 축하하러 온 자리인 데다가, 한쪽은 신랑의 동생이고 다른 한쪽은 신부와 가장 친한 사람들인 까닭이었다. 꿀벌의 아빠는 모인 사람들 앞에서 말하기를, 정말 화가 나서 한 소리가 아니라 그냥 농담을 한 것뿐이며, 자기는 미등 두 개 깨진 정도는 신경도 안 쓴다고 했다.

하지만 우리 아빠는 우리끼리 있을 때, 이렇게 말했다.

"오! 밴댕이 소갈딱지를 지닌 주제에 큰 차를 몬다고 거들먹거리는 놈이 날 완전히 똥차 취급을 하다니!"

"크고 번쩍거리는 차를 모는 사람들은 항상 어딘지 모르게 구린 데가 있는 법이에요." 엄마가 거들었다. "자노, 넌 차를 살 때 조금 찌그러진 데가 있는 걸 고르도록 하렴. 사람들 눈길을 끄는 화려한 차를 좋아하는 남자들은 뭔가 결핍……."

엄마는 말을 중단했다. 아빠가 "여보" 하고 엄마를 불렀기 때문이다. 그래서 난 크고 화려한 차를 가진 남자들에겐 뭐가 결핍되어 있다는 건지 알 수 없었다. 대신 운전면허 시험을 볼 때 일곱 혹은 여덟 번씩 떨어져도 괜찮다는 걸 알게 되었고, 꼭 붙어야 한다는 부담감에서 벗어날 수 있어서 얼마나 안심이 되었는지 모른다.

결혼식 날, 우리는 고양이 두 마리가 높은 데 걸터앉아서 지켜보는 가운데 빌보케* 놀이를 했다. 쥐스틴 아줌마는 아이들이 내는 소란스러운 소리에 짜증을 내고, 아이들과 이야기하는 걸 못 견뎌 할 뿐 아니라, 어떨 때는 아이들한테서 나는 냄새까지 싫어

* 공받이와 공이 한 줄로 연결된 장난감.—옮긴이

하는 사람이다. 그래서 절대로 아이들을 집에 들이지 않는다. 그런데 나만은 예외다. 그건 아줌마가 한 번도 나를 아이로 여겨 본 적이 없기 때문이다. 난 언제나 아줌마가 견뎌 낼 수 있을 만큼 착하고 얌전한 데다, 아줌마의 빨간색 매니큐어가 주는 신비감에 대해, 식물들이 느낄 수도 있을 난처함에 대해, 침묵이 들려주는 마음의 소리에 대해 이야기를 해서 아줌마를 감동시킬 줄 안다. 그래서 아줌마는 나를 '꼬마 신사'라고 부른다. 아줌마는 집에 애들이 올 가능성을 아예 차단하기 위해 아주 놀라운 방법을 쓰고 있다. 어린애들이 갖고 놀 수 있을 만한 건 절대로 집에 두지 않는다는 철칙을 지키는 것이다. "그래야 아이들이 심심해서 다신 우리 집에 올 생각을 않거든." 아줌마가 엄마에게 그렇게 설명하자, 엄마는 맞는 말이라고 얼른 맞장구를 쳤다. 하지만 아줌마가 가고 나자, 아빠에게 아줌마가 소아 공포증을 갖고 있다고 과장해서 말했다.

그래서 아줌마 집에는 우리가 갖고 놀 만한 게 하나도 없다. 우린 스스로 놀거리를 찾아야 했다. 요요, 고무줄, 빌보케, 줄넘기, 세 바퀴 스케이트 등등. 난 스포츠를 좋아하지 않지만, 요요만은 아주 잘한다. 아마도 내가 아줌마 집에 여러 번 놀러 왔기 때문일 것이다. 갖고 놀 게 없어서 여기 올 때마다 요요를 갖고 오곤 했다. 그래서 난 꿀벌에게 요요를 앞으로 던지는 걸 보여 주었다. 그랬더니 꿀벌은 아주 금방 배웠다. 그러곤 갑자기 내 두 눈 사이로 요요를 던졌다. 난 두 눈 사이가 얼얼하도록 아프긴 했지만, 그 애한테서 뭔가를 받았다는 게 너무 기뻤다! 로큰롤 춤을 출 때 그 애의 발을 밟은 터라 이런 선물까지 받게 되리라곤 전혀 기대하지 못했는데! 그러고 나서 우린 빌보케 놀이를 했다. 하지만 꿀벌은 그 작은 공이 컵 밖으로 떨어질 때마다 농구할 때의 농구공처럼 자기 손을 아프게 한다고 생각했다. 그 애의 손은 너무나 연약한 것 같다. 그런 꿀벌을 보니, 완두콩 한 알 때문에 잠자리가 불편해서 잠을 자지 못한 완두콩 공주가 생각났다. 그래서 그 애에게 그 동화를 들려주었다. 그 때 우연히 우리 옆을 지나가던 이고르가 날 향해 소리쳤다.

"완두콩? 콩알만 한 건 바로 너야!"

두메 형이 조에 누나에게 이상한 말을 했다. 베쥐브 누나가 형의 머리카락을 좋아한다는 것이다. 헉! 설마! 난 약간 눈살을 찌푸렸다. 그러자 내가 이해하지 못했다는 걸 눈치챈 조에 누나가 설명을 해 줬다.

"그건 두메 오빠의 머리카락이 베쥐브에겐 아무 문제가 안 된다는 뜻이야. 베쥐브는 두메 오빠가 머리카락이 있으나 없으나 멋진 사람이라고 본다는 거지!"

"맞아." 두메 형이 끼어들었다. "베쥐브는 내가 대머리라서 해적처럼 보여 멋있다는 거야. 그 애는 내가 아예 한쪽 눈을 붕대로 가린 애꾸눈이었으면 더 멋있었을 거래."

"정말? 정말 그 누나는 형이 멋지대?" 내가 물었다.

"물론이야." 누나가 대답했다. "그건 베쥐브가 오빠를 사랑하기 때문이야. 난 베쥐브의 말에 100퍼센트 동의해. 대머리는 머리숱이 많은 것보다 훨씬 개성 있어 보이거든. 특히 열다섯 살 남자애들 사이에선 더욱 그렇지."

그렇다면 큰일이다. 이모가 형을 위해 뭘 준비하고 있는지 두메 형이 안다면……! 아스트리드 이모가 엄마한테 몰래 하는 말을 조금 전에 들었는데, 이모가 청소년 탈모 전문 병원에 다녀왔다고 했기 때문이다. 머리카락 이식 수술을 하게 해 준다나 어쩐다나…….

주소를 알고 싶어요

집에서 보내는 일요일 저녁은 정말 멋지다. 우리 집은 그 시간만은 컴퓨터도 텔레비전도 켜지 않는다. 그래서 음식 씹는 소리만 따뜻한 주방을 가득 채운다. 우리는 아무 말도 않고 먹는 것에만 집중한다. 엄마는 가족들을 위해 각자 좋아하는 저녁 식사를 준비해 준다. 아빠는 삶은 달걀과 우유 식빵을 먹고, 나는 엄마가 만든 치즈 베이컨 파이를 먹는다. 난 위장이 아주 예민한 편이라, 집에서 엄마가 만든 파이가 아니면 금방 배탈이 나곤 한다. 엄마는 내가 까다로워서 엄마를 귀찮게 한다고 하지만 말은 그렇게 해도 내 위장에 탈을 내지 않는 재료와 요리법을 알고 있는 유일한 사람이 엄마라는 사실을 흐뭇하게 여기는 것 같다. 조에 누나는 자기가 직접 만든 클럽 샌드위치를 먹고, 엄마는 삶은 콩깍지만 먹는다. 엄마는 귀가 축 늘어지고 천하태평인 강아지 스누피가 그려진 실내화를 신고, 누나는 미키마우스가 앙증맞게 그려진 실내화를 신는다. 그리고 아빠는 실내화 없이 양말만 신고, 나는 슬리퍼를 신는다. 사실 난 아무것도 신지 않고 맨발로 지내고 싶다. 하지만 균이 슬리퍼를 신어야 하는 건 밤마다 발가락에 약을 발라야 하기 때문이다. 약을 바르고 나서 맨발로 걸으면, 방과 거실 바닥에 온통 약을 다 묻히게 되고, 그러면 고음으로 잔소리하기 시작하는 엄마를 아무도 감당할 수 없게 된다. 엄마가 이미 내게 여러 번 설명했기 때문이다. 내 무좀 균이 양탄자에 내려앉아 한번 자리 잡기 시작하면, 아이비라는 식물처럼 자라나서 벽 전체를 다 뒤덮어 버릴지도 모른다는 것이다. 그러자 아빠는 내가 풀장에서 옮아 온 무좀 균은 그리 심각한 게 아니라고 했다. 그러면서 3주일이면 가려운 증상이 다 없어질 테니 아이에게 너무 겁주지 말라고 계속 엄마에게 말했지만 소용없었다. 엄마는 나의 무좀 균이 누나의 물주머니만큼 걱정거리로 여겨지는지, 밤마다 내 발을 꼼꼼히 살피고 또 살폈다. 그럴 때마다 나는 엄마의 입가에 생긴 팔자 주름을 뚫어져라 보게 되고, 잠시 후에 엄마의 주름이 펴지고 나서야 비로소 마음을 놓게 된다.

"자노, 벌집에 관한 발표는 언제 하니?" 엄마가 내게 물었다.

"벌집? 그런 걸 공부할 나이는 벌써 지나지 않았어?" 아빠가 놀라서 물었다.

"꿀을 먹는 데 나이가 정해져 있는 건 아니잖아요." 조에 누나가 대답했다.

누나의 대답에 엄마가 깜짝 놀라는 것 같았다. 조금 버릇없다고 생각했을 것이다. 그러나 덕분에 나의 거짓 발표에 대한 이야기가 더 이어지지 않고 중단될 수 있었다. 나로선 딱히 대답할 말도 생각나지 않는 데다, 거짓말할 생각도 없었기에 여간 다행이 아니었다. 난 꿀벌과 연락할 수 있길 바랐다. 그런데 그렇게 할 수 있는 유일한 방법은 쥐스틴 아줌마가 자기 집에 와서 자라고 나를 초대해 주는 것이다. 그러면 아줌마의 주소록을 찾아서 꿀벌의 주소를 알아낼 수 있을 것이다. 결혼식 날 우리 아빠와 꿀벌의 아빠 사이에 자동차 접촉 사고가 있었다. 그 일이 있은 후에 아빠와 엄마가 꿀벌의 부모에게 별명 붙이는 장난을 종종 하곤 하는데, 그때 나눈 대화의 내용을 믿는다면, 그 애의 아빠 이름은 마세라티이고 엄마 이름은 람보르기니인 것 같다.

나는 쥐스틴 아줌마에게 전화를 해도 되는지 엄마에게 물어보았다.

"지금 이 시간에?" 엄마가 말했다. "아줌마를 방해하는 걸 텐데."

"아마 그럴 거야." 아빠도 거들었다. "하지만 이제 결혼을 했으니, 쥐스틴에게 방해가 안 되는 시간이 있겠어? 어차피 언제 걸어도 방해가 될 텐데, 뭘."

그래서 전화를 했다. 대모 아줌마는 내 목소리를 듣더니 반가워하긴 했지만, 왠지 바쁜 일이 있어서 서두르는 듯한 느낌을 받았다. 난 어떤 말로 시작해야 할지 몰라서 잠깐 망설이다가 추억을 생각나게 하는 말을 꺼냈다.

"아줌마, 기억나요?"

"뭘 말이니, 귀염둥이야?" 아줌마가 물었다.

"아줌마 집에 가서 저녁 먹고 하던 때 말이에요. 아줌마가 폴에밀 아저씨를 만나기 전이요! 그때 아줌마 집에서 딸기 파이를 먹으면서 영화 보는 게 엄청 좋았는데! 그때 생각이 많이 나서요. 그래서 아줌마만 괜찮다면 아줌마 집에 저녁 먹으러 가고 싶어요……."

"그래? 그렇다면 오고 싶을 때 언제든지 오렴." 아줌마는 마치 내가 차를 운전해 언제든지 원하는 곳으로 마음껏 다닐 수 있는 나이인 열여덟 살이라도 된 것처럼 말했다.

"제일 좋은 건 아줌마가 날 데리러 학교에 오시는 거예요." 내가 말했다.

"아, 그렇지…… 네가 아직 꼬마라는 걸 잊었구나. 그럼 내가 적당한 날짜를 정해서 네게 연락할게. 자, 귀염둥이 꼬마 신사님, 나중에 곧 만나자." 아줌마가 약속했다.

"언제요?"

"글쎄, 정확한 날짜와 시간은 아직 못 정하겠는걸." 아줌마가 장난하듯 말했다.

"4시 반이요. 학교 수업이 4시 반에 끝나거든요. 그런데 6시에 오시는 게 더 편하면, 그때 오셔도 돼요. 공부하면서 6시까지 기다릴 수 있어요. 그러니 언제든 아줌마가 편한 시간에 오세요."

꿀벌의 주소를 빨리 알고 싶은 마음에 난 아줌마를 곤란하게 만들고 말았다. 자유롭게 마음대로 날아다니는 걸 좋아하는 아줌마인데, 내가 그런 아줌마의 날개를 잡아 버린 게 분명했다. 아줌마는 누가 자기의 자유를 건드리면 견디지 못한다. 하지만 내가 꿀벌과 빨리 결혼하면 할수록 그만큼 아줌마를 빨리 놓아줄 수 있다는 걸 아줌마가 알았으면 좋겠는데! 쥐스틴 아줌마는 갑작스런 내 요구에 당황한 것 같았다. 그러면서 요즘에 할 일이 아주 많고, 폴 에밀 아저씨도 그렇기 때문에, 어떻게 하는 게 좋을지 한번 생각해 보자고 했다. 그때 내가 아줌마의 말을 끊고 말했다.

"아줌마, 내가 가는 게 좋아요, 싫어요? 내가 아줌마를 귀찮게 하는 거죠?"

아줌마는 더욱 당황해하며 말했다.

"엄마 좀 바꾸렴."

아줌마는 지금 어떤 생각을 하고 있는 걸까? 사실 나도 아줌마 집에 가는 건 좀 거북하다! 아줌마는 말을 별로 안 하기 때문이다. 그래서 아줌마랑 있으면 내가 말이 너무 많은 수다쟁이처럼 느껴지곤 한다. 아줌마는 다른 사람들이랑 여러모로 정말 많이 다르다. 선물도 내게 어울리지 않는 것들을 해서 아빠와 엄마를 놀라게 하곤 했다. 내가 여덟 살 때는 생일 선물로 비틀스 레코드판을 주었고, 아홉 살 생일에는 조랑말이 달린 열쇠용 목걸이를 주었다. 그것을 받았을 때 아빠는 내가 두 살 때 받은 작은 베틀 모형에 비하면 아무것도 아니라고 말했다. 엄마는 쥐스틴 아줌마랑 전화로 수다를 떨 때면 꼭 방에 들어가서 방문을 잠근다. 그러곤 둘이서 폴 에밀 아저씨와 아빠에 대해서 오래도록 이야기한다. 엄마는 우리 집 문들이 모두 종이로 만든 문처럼 방음 장치가 전혀 안 된다는 걸 인정하지 않으려 한다. 그래서 문을 꼭꼭 걸어 잠가도 엄마가 아줌마와 나누는 이야기는 전부 다 들린다. 내가 엄마에게 전화를 바꿔 주자, 엄마는 이번에도 방에 들어가서 문을 잠갔다. 그러곤 주말에 친구들끼리 보드도로 여행을 갈 계획을 열심히 짜고 있는 아빠에 대해 한참 동안 불만을 털어놓았다. 그런 뒤에 방에서 나와, 화요일 밤에 아줌마 집에서 자도 된다고 알려 줬다. 그날은 폴 에밀 아저씨가 운동을 하고 늦게 오는 날이기 때문에, 내가 가도 별로 방해가 안 될 거라고 했다.

"그런데 엄마, 내가 그렇게 부담스러운 아이예요?" 내가 엄마에게 말했다.

그러자 조에 누나가 웃음을 터뜨리며 말했다.

"천만에! 부담스러운 걸로 말하자면 내 몸무게지!"

"조에! 그렇게 말하지 마라." 누나가 자신의 몸무게에 대해 농담하는 것에 화가 난 엄마가 누나의 말을 잘랐다. 그리고 내겐 이렇게 말했다.

"아니야, 자노! 네가 부담스러운 게 아니란다. 다만 쥐스틴 아줌마는 이제 막 결혼을 한 데다 아직 아이가 없잖아. 아줌마는 아이 없이 사는 게 좋대, 다른 사람들에게 방해받지 않고, 둘이서만 조용히 지내는 거……. 아줌마는 널 사랑해, 너도 알잖아. 아줌마가 사랑하는 아이는 너뿐이라는 걸 말이야."

그러자 누나가 또 웃으며 말했다.

"맞아. 아줌마는 널 사랑해. 네가 눈에 안 보일 때만!"

꿀벌도 내가 눈에 안 보일 때만 날 사랑하는 걸까? 나는 그 애가 나와 로큰롤 댄스를 추던 거랑, 아주 짧지만 확실했던 우리의 약속을 이따금씩 떠올려 볼는지 궁금했다. 고양이 잡기 놀이를 하는 동안, 그 애가 "우리 서로 친구 할래?" 하고 물었고, 내가 "응" 하고 대답하자, 그 애가 웃었었다.

"그게 전부야?"누나가 물었다. "넌 분명하게 대답한 거야?"

"응." 내가 말했다. "분명하게 말했어. 넌 내게 최고의 여자 친구가 될 수 있을 거라고."

내 대답에 누나는 흐뭇해하면서 동시에 실망한 표정을 지었다. 내가 왜 그러느냐고 물어보자, 조에 누나는 꿀벌은 네게서 사랑한다는 이야기를 듣고 싶었을 텐데, 네가 그 말을 하지 않은 건 잘한 일이기 때문이라고 설명해 줬다. 누나는 내가 그런 말을 하기엔 너무 빠르다고 했다. 그러면서 꿀벌이 정말 서로 사랑하길 바라고, 그래서 서로가 더 클 때까지 기다려 준다면 모든 게 잘될 테니 염려 말라고 말했다. 그래서 나는 내가 그 애를 얼마나 좋아하는지 알려 주기 위해 당장 편지를 쓰기로 했다. 그런 다음 쥐스틴 아줌마의 수첩에서 주소를 찾아내 그 편지를 보낼 것이다.

빌보케 놀이의 철학

보고 싶은 꿀벌,

내가 이 편지를 쓰는 건 요즘 빌보케 놀이를 할 때마다 네가 생각난다는 말을 하고 싶어서야. 우린 결혼식장에서 만났지. 너와 네 오빠와 아빠와 엄마 모두 잘 지내고 계시길 바라. 우리 아빠와 엄마는 너희 가족이 모두 호감이 가는 좋은 사람들이라고 생각하고 계셔. 난 초등학교 4학년이야. 성적이 꽤 좋은 편이고, 특히 영어 성적이 좋다는 걸 말하고 싶어. 그래서 난 중학교에 가면 프랑스어와 영어 둘 다 잘 구사할 수 있을 거야. 난 축구를 잘해. 쇠공 굴리기와 배드민턴, 농구, 유도, 가라테, 줄넘기, 말 타기도 괜찮게 하는 편이지. 덕분에 진로를 앞으로 어떻게 정해야 할지 아직은 잘 모르겠지만, 어쨌든 과녁을 맞힐 수 있는 화살은 여러 개 갖고 있는 셈이야. 그러니 적어도 두 번에 한 번쯤은 명중시킬 수 있겠지. 내 친구들은 내가 어떤 목표를 정하더라도 늘 성공할 수 있을 거라고 생각한대. 난 5학년이 되면 합창부에 들어가려고 해. 목소리가 좋다는 이야기를 많이 듣거든.

그럼 다음에 또 만나.

안녕,

바이 바이,

차오(이탈리아어).

장.

난 이 편지를 잘 접어서 주머니에 간직하고 있다. 주소록을 찾기 위해 쥐스틴 아줌마의 가방을 열어 볼 때는 가슴이 콩닥거려서 죽는 줄 알았다. 아줌마는 목욕을 하는 중이었다. 아줌마는 목욕하러 들어가기 전에 날 위해 백설공주 디브이디를 틀어 주었다. 그러면서 내 나이에 맞는 영화를 구해 놓지 못해서 미안하다고 했다. 너무 바빠서 찾아 볼 시간이 없었다면서……. 대신 목욕을 마치고 나오면 메모리 게임을 할 수 있게 해 주겠다고 약속했다. 날 위해 함께 레고 놀이를 해 주겠다고 하지 않아 얼마나 다행인지 모르겠다. 그런데 주소를 적은 수첩은 어디에 둔 걸까? 아줌마는 모든 주소와 전화번호를 다 외우고 있는 걸까? 가방 안에는 수첩 같은 게 없었다. 우리 집에선 주소록을 전화기 밑에 두는데, 아줌마 집에는 전화기도 없다. 휴대폰만 쓰기 때문이다. 폴 에밀 아저씨가 지금 운동을 하고 있다는데, 아줌마가 흘린 말을 내가 제대로 이해한 거라면, 난 폴 에밀 아저씨가 집에 돌아오는 대로 잠자러 손님방에 들어가야 한다. 폴 에밀 아저씨도 아이들을 좋아하긴 하지만 쥐스틴 아줌마와 마찬가지로 자기 집에 아이가 와 있는 건 별로 안 좋아한다.

드디어 욕실 문이 열리고, 아줌마가 나오는 소리가 들렸다. 아줌마는 소파에 앉아서 발가락 사이에 클리넥스 휴지를 끼운 채, 발톱에 예쁜 빨간색을 칠하기 시작했다. 나는 어렸을 때 자주 그러던 것처럼, 아줌마의 발을 보면서 발톱이 아주 예쁘다고 말했다. 아줌마의 마음이 흐뭇해질 때면, 눈에서 나를 향한 사랑이 뚝뚝 떨어진다는 걸 난 잘 알고 있다. 아줌마는 발톱을 다 칠하고 나서 나를 두 팔로 안아 주었다. 사실 아줌마는 변덕이 좀 심하다. 이렇게 쓰다듬으며 귀여워하는 사랑을 받기엔 내가 너무 커 버렸다고 생각하는데, 아줌마는 아직도 나를 꼬꼬마 어린애로 보는 것 같다. 아줌마는 예전처럼 나를 무릎 위에 앉혔다. 그런데 막상 앉히고 보니 갑자기 내가 열한 살이라는 게 생각났는지, 얼른 나를 밀어내며 메모리 게임을 찾아 오겠다고 했다.

“아줌마, 나랑 메모리 게임을 꼭 해야 할 필요는 없어요. 알다시피 난 이제 많이 컸잖아요. 게다가 이제 곧 7시예요. 너무 늦지 않게 잠자리에 들게요……. 그러니 지금은 아줌마랑 이야기하면서 놀고 싶어요!"

아줌마가 내 말에 아주 흡족해한다는 걸 아줌마 표정에서 금방 읽을 수 있었다. 아줌마는 저녁밥을 6시에 주었으면서도, 막상 내가 그렇게까지 일찍 잘 거라곤 기대하지 못한 것 같다.

"잘됐네! 그래, 이야기하자, 이야기해……. 그런데 무슨 이야기를 하지? 자노, 여전히 학교에서 공부 잘하고 있지?"

"그럼요." 난 그렇게 대답하고 나서, 내 목표에 더 가까이 접근하게 해 줄 주제를 꺼냈다. 그건 바로 "아줌마에겐 친구가 많아요?"라는 질문이다.

"그럼, 아주 많지! 우리 귀여운 도련님은 어때?"

"나도 많아요."

"멋지구나."

"난 수첩에다 항상 친구들 주소를 적어 둬요. 그래야 언제든 편지를 쓸 수 있잖아요……."

"오, 그렇구나. 난 전부 머릿속에 외우고 있단다. 게다가 편지 같은 건 절대로 안 쓰거든."

아줌마는 발톱이 거의 다 말라 가는지, 벌써 거실 안을 조심스럽게 걸어 다니면서 이런저런 집안일을 하기 시작했다.

아줌마는 나와 대화할 때는 항상 다른 일을 하면서 한다. 그건 아줌마가 중요한 일을 해야 할 시간을 내가 빼앗고 있다는 뜻이기도 하다. 아줌마가 아무리 나를 '귀여운 도련님', '귀염둥이', '자노'라고 불러도, 실은 나를 부담스럽게 여기고 있는 게 확실하다. 조에 누나가 몸무게로 레몽드 할매의 마음에 짐을 주고 있는 것처럼, 나도 아줌마에게 짐이 되고 있는 것이다. 다행히도 누나와 내겐 수염 할매와 무릎 할배가 있다. 우리를 몹시 사랑하고, 또 우리가 몹시 사랑하는 할매와 할배가 있기에, 누나와 나는 가족에게서 받아야 할 사랑이 조금 부족하게 여겨져도 충분히 위로를 받을 수 있다. 턱에 긴 털들이 나 있어서 수염 할매라고 부르는 할머니는 바로 아빠의 엄마인데, 한없이 다정하고 따뜻한 분이다. 엄마는 레몽드 할매가 아니라 수염 할매가 자기의 친정 엄마라면 정말 좋겠다는 말을 자주 하곤 한다. 레몽드 할매는 바로 어제만 해도 엄마를 속상하게 만들었다. 엄마의 머리카락 색깔이 암소 꼬리의 색깔과 똑같다고 말한 것이다. 아빠의 아빠인 무릎 할배는 어이없는 사고를 당해 다리 하나를 절단했다.

어느 날 산에 갔다가 덫에 걸려 다리를 다쳤는데, 치료를 하러 병원에 갔을 때는 이미 다리를 쓸 수 없게 된 후였다. 수염 할매는 할아버지의 다리를 보고도 병원에 도움을 청할 생각을 미처 하지 못했다고 한다. 할아버지의 다리가 덫에 걸린 날, 할머니는 무릎 할배를 위해 먹을 것을 준비해 놓고 할아버지가 돌아오기만을 기다렸다. 그러나 할아버지는 그날 돌아오지 않았다. 할아버지를 위해 만든 요리들과 과일 푸딩을 어디에 보관해야 할지 몰라서 고민하던 할머니가 거의 초죽음이 된 할아버지가 다음 날 기다시피해서 돌아왔을 때, 제일 먼저 한 말은 과일 푸딩을 먹겠느냐는 것이었다. 할머니는 사랑하는 남편이 어떻게 되었을까 봐 잠도 한숨 못 자고 이틀을 기다리다가, 드디어 '사랑하는 영감'이 돌아오자 눈물범벅이 되어 달려가서 그렇게 말했다는 것이다. 할머니는 남편을 다시 보게 되어 너무 기쁜 나머지 구조대를 부를 생각도 미처 하지 못했다. 우선 떨리는 손으로 남편을 씻기고 상처를 싸맨 뒤에, 할아버지가 다리를 다쳐 침실이 있는 2층으로 올라갈 수 없었기 때문에, 거실 바닥에다 미코와 모타의 방석과 담요들을 깔아 잠자리를 만들었다. 미코와 모타는 할아버지와 할머니가 키우는 개들이다. 그 다음 주에 아빠와 엄마가 식사를 하러 할아버지 집에 갔다가, 바닥에 누워 있는 무릎 할배를 발견하곤 까무러칠 뻔했다고 한다. 아빠가 놀라서 소리를 지르는 사이에, 엄마가 구조대를 불렀다. 아빠는 너무 놀란 나머지 그 시간에 왜 더 빨리 조치하지 않았느냐며 수염 할매에게 소리를 지르느라 구조대를 부를 생각도 못 하고 있었다.

"내가 치료를 했다니까!" 수염 할매가 항변을 했다. "아픈 곳을 얼른 싸매 줘야 한다는 마음에 그 불쌍한 영감을 병원에 데리고 간다는 건 생각도 못 했지 뭐냐!"

이렇게 무릎 할배가 병원에 너무 늦게 간 바람에 무릎 바로 밑을 절단하는 일이 일어나고 말았다. 엄마는 무릎 할배와 수염 할매가 철학적인 분들이라고 말했다. 할아버지와 할머니는 그 사고를 오히려 잘된 일이라고 받아들였기 때문이다. 두 분은 무릎 할배가 죽지 않고 살아난 게 얼마나 다행이냐면서 하나님께 감사드리기 위해 샤르트르 대성당까지 걸어서 순례를 떠날 계획을 세웠다고 한다. 그리고 실제로 그 일을 강행했다. 무릎 할배가 지팡이를 사용할 수 있게 되자마자, 두 분은 샤르트르를 향해 걷기 시작했다. 그런데 며칠이 지나서 수염 할매가 아빠에게 자기들을 데리러 올 수 없겠냐며 전화를 했다. 할머니의 발뒤꿈치가 다 까져서 더는 걸을 수 없었기 때문이다.

쥐스틴 아줌마가 신문 광고를 뒤적거리면서, 거실을 돋보이게 해 줄 가구들을 내게 보여 주었다. 그래서 우린 가구 이야기로 다시 대화를 시작했다. 내겐 중요한 순간이 아닐 수 없었다. 폴에밀 아저씨가 곧 돌아올 텐데, 그러면 더는 아줌마에게 질문할 시간이 없을 것이기 때문이다. 난 어떻게든 다른 방법을 찾아야만 했다.

“아줌마 결혼식 날 기억나세요?” 내가 물었다.

“물론이지! 어찌나 따분하고 재미없던지 평생 동안 기억에 남을 거야.”

“어, 정말요?”

“자노, 난 정말 그 자리를 박차고 나가고 싶어서 죽을 뻔했단다. 정말 끔찍했어. 남편과 둘이서 도망치고 싶었다니까. 하지만 손님들을 생각해서 끝까지 남아 있던 거야.”

“난 아줌마 결혼식이 무지하게 재미있었는데요. 정말 멋지고 아름다웠어요.”

“그래? 그것 참 다행이구나, 자노!”

“그런데 이고르라는 아이 있잖아요. 굉장히 착하고 재미있는 아이 같았어요…….”

“이고르? 그 미련 곰탱이 같은 녀석? 넌 그 애가 너랑 생각이 통할 것 같으니? 정말?”

쥐스틴 아줌마는 사람을 별로 좋아하지 않는 게 분명하다. 아니 어쩌면 광고지에 실려 있는 소파에 정신이 팔려 있는 중이라 별 생각 없이 건성으로 대답한 것일 수도 있다. 그래서 다시 한

번 시도해 보기로 했다.

"아줌마, 혹시 이고르의 주소 알아요?"

"그 애 주소? 그 애는 아주아주 먼 촌구석에 살고 있는데!"

"그렇게 멀리 살아요?"

그때 폴 에밀 아저씨가 들어왔다. 아줌마는 마치 몇 년 동안이나 못 본 사이처럼 후다닥 달려가 아저씨의 목에 매달렸다. 아저씨는 오늘 아침 8시에 집을 나섰고, 지금은 8시다. 그러니 열두시간이나 떨어져 있던 셈이다. 어쨌든 아줌마와 아저씨는 아직도 서로를 아주 많이 사랑하고 있다. 꿀벌과 나라면 어떨까? 우리도 1년이나 떨어져 있다가 다시 만나면 저토록 반갑고 기쁘지 않을까!

아저씨는 아이들의 이름을 잘 외우지 못한다. 그래서 나를 '꼬맹아', '학생', '얘야' 라고 부른다. 하지만 나는 그때마다 아저씨가 내 이름을 기억하도록 꼬박꼬박 "장이에요" 하고 말했다. 그랬더니 마침내 아저씨가 내 이름을 제대로 부르기 시작했고, 그것이 아저씨 마음을 편안하게 해 준 것 같았다. 그래서인지 아저씨는 내 이름을 아주 많이 불렀다. 이젠 내 이름을 완전히 외우고 있다는 걸 알려 주려는 것 같았다. 아저씨는 내게 아줌마가 한 것과 똑같은 질문들을 했다. 공부는 잘하고 있느냐, 운동을 잘하느냐, 스타워즈와 해리 포터를 좋아하느냐……. 아저씨는 나 같은 꼬마에게도 꿈꾸고 고민하는 내면 세계가 있다는 걸 모르는 것 같다. 어쨌든 이제 잠자리에 들 시간이다. 아저씨와 아줌마가 내 침대에 몸을 굽히고 밤 인사를 했다. 서로의 등을 쓰다듬으면서 마치 내가 생후 몇 주밖에 안 되는 아기라도 되는 것처럼 바라보며 미소를 지었다. 내가 이런 부모님 밑에서 태어나지 않은 게 정말 행운이라는 생각이 들었다.

나의 앙젤뤼레조시

이렇게 기쁠 수가! 쥐스틴 아줌마가 내 아침 식사 쟁반 위에 이고르의 주소를 적은 쪽지를 올려놓았을 줄이야! 안 그랬다면 아무 성과도 없이 낙담한 마음으로 아줌마 집을 나섰을 것이다. 아침에 집을 나올 때 아줌마가 아직 자고 있었기 때문에 당연히 난 혼자 걸어서 학교에 가야 했다. 감사하게도 아침 식사가 차려져 있었지만, 아줌마의 침실 문은 닫혀 있었다. 그래서 전자레인지 사용법을 알려 달라는 부탁은 안 하는 게 낫겠다고 생각하고 그냥 차가운 우유를 마셨다. 그리고 아줌마가 수고스럽게도 따로 포장해 놓은 말린 소시지와 카망베르 치즈 한 조각을 간식으로 챙겼다. 쪽지에는 내가 그토록 갈망하던 꿀벌의 주소와 함께 이런 내용이 적혀 있었다. "사랑하는 자노, 페피토 비스킷이나 카스텔라를 준비해 둘 생각을 미처 못 했구나. 다행히도 카망베르 치즈가 있었어. 냄새가 좀 강하긴 해도 맛은 기가 막히게 맛있을 거야. 치즈를 직접 만드는 사람한테서 샀거든. 자노, 네가 와서 정말 좋았단다. 넌 정말 멋진 꼬마 신사야. 난 대모로서는 꽝이지만, 그래도 너를 너무나 사랑해. 너의 대모, 쥐스틴."

옹드리의 쉬르 살라망그…… 앙젤뤼레조시라는 도시에 있는 마을 이름이다. 꿀벌이 이런 촌구석에 살고 있다는 걸 우리 아빠가 알게 되면, 틀림없이 내 맘을 아프게 하는 말을 할 위험이 아주 크다. 그러니 내 여자 친구의 주소는 나만 간직하고 있는 편이 나을 것이다. 이제 편지만 부치면 되는데, 우표가 없다. 그건 조에 누나에게 부탁하면 된다. 지금은 우선 학교에 가야 한다. 그리고 성적 평균을 높이는 데 좀 신경을 써야 한다. 꿀벌이 나를 거짓말쟁이 취급하게 할 순 없으니까! 내가 뭐든 다 잘한다고 편지에 썼기 때문이다. 하지만 난 수학이 평균에 불과하고, 특히 나눗셈은 평균보다 조금 아래인 편이다.

약간 산만하고 집중을 잘 못 한다는 게 아빠와 엄마가 나를 관찰한 결과다. 누나는 내가 게으르다면서 이렇게 말한다.

"난 엉덩이에 물주머니를 달고 있지만, 넌 손에 털이 났어*." 그렇다, 난 게으른 편이다. 아니, 게으르다기보다는 공상을 잘 한다고 해야 하나……. 책을 펴 놓고 딴생각에 잠길 때, 특히

---

* '손에 털이 나다(Avoir un poil dans la main)'라는 말은 매우 게으르다는 걸 뜻하는 프랑스식 표현이다.—옮긴이

꿀벌을 생각할 때는 그야말로 마법의 순간이다. 그 애 덕분에 모든 지겨운 시간들에서 빠져나올 수 있기 때문이다. 요즘 들어 난 우리가 고양이 잡기 놀이를 했을 때와 두 곡의 로큰롤 댄스를 췄을 때를 떠올리느라, 수학 숙제를 저만큼 뒷전으로 미뤄 놓는다. 그래도 숙제에 대해선 아주 관대한 편인 내 단짝 랑베르가 자기 숙제를 마음껏 베끼게 해 주기 때문에 괜찮다. 그러고 보면 난 정말 좋은 사람들에게 둘러싸여 있는 행운아다. 꿀벌에게 보내는 편지에 그 이야기도 쓰는 게 좋겠다. 랑베르에게는 절대로 그 편지를 안 보여 줄 생각이다. 그 녀석은 누구를 좋아해 본 경험이 없어서 사랑의 행복이 뭔지 아직 모른다. 그래서 사랑에 빠진 나를 놀릴 확률이 높다. 난 랑베르처럼 나눗셈의 신이 될 순 없지만, 두 사람의 마음이 하나가 되는 사랑의 곱셈에 대해선 랑베르보다 훨씬 깊이 있게 생각할 수 있다. 인터넷에서 찾아본 지식에 따르면, 두 마음의 연합은 우리를 지금보다 훨씬 강하게 만들어 주는 정신적인 탐구다. 아, 그 결과는 어떻게 될까! 정말 기대가 된다.

쉬는 시간이 막 시작되려고 할 때, 랑베르가 감초 사탕을 주었다. 그건 평범한 사탕이 아니고 랑베르의 아빠가 담배를 끊기 위해 먹는 특별한 사탕이다. 랑베르와 나는 담배를 피우지 않기 때문에 사실 먹을 필요가 없는 것이었다. 그래서일까, 노는 시간이 끝날 무렵 우리 둘은 보건실로 가야 했다. 정말 구토가 난 건지, 아니면 그런 척 한 건지 우리도 잘 모르겠다. 어쨌거나 우리는 학교 수위이자 보건 교사인 쿠아냐르 선생님이 있는 보건실에 있는 게 좋기만 했다. 보건실은 지하에 있어서 창문이 없다. 들리는 소문에 따르면 보건실에 생쥐들이 살고 있는데, 실은 선생님이 생쥐들에게 먹이를 주는 게 아니라, 생쥐들이 선생님을 먹여 살리고 있다고 한다. 그 불쌍한 선생님이 혼자 있는 보건실에는 우리 둘밖에 없었는데, 선생님은 우리가 와 있는 걸 썩 내켜하지 않는 눈치였다. 우리가 그 좁은 보건실을 꽉 채우고 있는 게 선생님에겐 방해가 되고 귀찮기만 한 것 같았다. 우리 때문에 청소를 하지 않을 수 없기 때문일 것이다. 선생님은 우리 엄마와 랑베르 엄마에게 전화를 했지만, 두 사람한테서 똑같은 대답을 들어야 했다.

몹시 바쁜 데다 절대로 빠질 수 없는 중요한 회의가 있어서 도저히 자리를 비울 수 없으니, 아주 위험한 상황이 되면 그때 다시 전화해 주면 고맙겠다는 대답이었다. 아마 우리가 거의 죽기 직전까지 가지 않는 한, 결코 엄마들을 직장에서 불러낼 수 없을 것이다. 그렇다면 아빠들은? 쿠아냐르 선생님은 아빠들에겐 아예 전화할 생각조차 하지 않았다. 선생님이 말했다.

"어쩔 수 없지. 내가 너희들을 데리고 있어야겠구나. 하지만 애들아, 여기선 절대 장난치면 안 돼. 알겠지?"

보건실에서 신나게 하루를 보낸 후 집에 돌아왔을 때, 그때까지 내가 편지에 대해 까맣게 잊고 있었다는 사실을 기억했다. 꼭 부쳐야 하는데! 난 누나에게 꿀벌의 주소를 어떻게 알아냈는지 이야기했다.

"아휴, 이 깜찍한 녀석!" 누나가 외쳤다. "하지만 지금 우표를 붙인다 해도 편지를 보낼 순 없어. 그 가족의 성을 알아야만 해. 꿀벌이라는 이름만 갖고는 우편배달부 아저씨가 편지를 제대로 갖다줄 수 없단 말이야." 그러면서 덧붙였다. "그 문제는 내가 도와줄게."

저녁 식사 시간이었다. 우린 모두 식탁에 앉았다. 엄마는 내게 감자 요리 대신 수프를 줬다. 이젠 배가 안 아프다고 이야기했는데도 엄마는 굳이 수프를 먹어야 한다고 고집을 부렸다. 난 내 건강이 그렇게 걱정되면, 날 데리러 보건실에 왔어야 하는 것 아니냐고 말하고 싶었지만 꾹 참았다. 아빠는 두 번 다시 랑베르가 주는 감초 사탕을 먹지 말라고 했다. 그리고 랑베르 아빠를 만나면 한마디 하겠다고 말했다. 담배 대신 먹는 걸로 애들이 장난치게 내버려 두면 안 된다고! 조에 누나는 '담배'라는 단어가 나오자 고개를 푹 숙였다. 자기가 담배를 피운다는 걸 부모님이 알게 될까 봐 겁이 난 것이다. 누나는 담배를 피우면 엉덩이와 넓적다리에 붙은 물주머니들이 담배 연기와 함께 사라질 거라고 생각했다. 하지만 누나가 담배 피우는 걸 엄마가 알게 되면, 누나는 물주머니들이 사라지는 건 고사하고 뼈도 못 추리게 될 것이다. 엄마는 누나의 과체중을 걱정하느라고 살이 빠졌는데, 거기에 누나가 암에 걸릴지 모른다는 걱정까지 보태지면 과연 생명을 부지할 수 있을지 아무도 장담 못 할 것이다. 엄마는 조에 누나에게도 수프를 줬다. 다이어트를 해야만 하는 누나는 빵도 먹지 못하고, 곱게 다진 치즈도 감히 달라고 할 수 없었다. 누나가 아무 소리 않고 수프만 먹자, 엄마는 몹시 기뻐했다. 그러자 아빠가 엄마를 향해 엄격한 눈길을 보냈다. 그리고 나중에 우리가 거실로 나간 후에 엄마에게 한마디 했는데, 목소리가 하도 커서 거실에 있는 우리에게도 다 들렸다.

"카트린, 제발 눈에 띄게 행동하지 말라고 몇 번이나 말했어. 조에가 그냥 먹고 싶은 대로 먹게 내버려 둬요. 제발 잔소리 좀 하지 말란 말이야."

조에 누나가 아빠의 말에 웃음을 터뜨렸다. 아빠와 엄마가 거실로 나오자 누나가 물었다.

“아빠, 쥐스틴 아줌마 결혼식 때 큰 차를 몰고 온 사람들 기억나요?”

“커다란 마세라티 타고 온 사람들?” 아빠가 물었다.

“그분들 성이 뭔지 모르겠는데…….” 누나가 말했다.

“우리도 모르지.” 엄마가 말했다.

“그걸 알려고 사고 합의서를 들춰 보고 싶은 생각은 없구나. 안 그래요, 여보?”

“그때 말이야, 그 작자가 합의서 작성할 때 표정 기억나?” 아빠가 엄마를 보며 재미있다는 듯이 웃었다.

“그럼요, 마치 당신이 자기 마누라를 들이받기라도 한 것처럼 말했었죠.” 엄마도 그 장면을 떠올리며 웃었다.

“그래도 그 집 아이들은 착한 것 같던데요.” 조에 누나가 말했다.

“그 집 아들 이야기하는 거냐? 우리 딸이 그 녀석에게 관심 있는 거야?” 아빠가 놀리는 듯한 미소를 지으며 누나에게 물었다.

“저런! 두메가 그 이야기를 들으면 서운해하겠구나.” 엄마가 중얼거렸다.

“두메 오빠가 서운해할 이유가 뭐 있어요?” 조에 누나가 반박했다. “오빠에겐 베쥐브가 있어서 즐겁기만 한데! 설마 내가 사촌 오빠와 결혼하고 싶어 할 정도로 이상한 애라고 생각하는 건 아니죠? 두메 오빠는 정말 운도 없어! 엄마는 자기 머리에 억지로 머리카락을 심으려 하고, 이모는 억지로 사촌 여동생과 엮으려 하다니!"

"조에 누나는 이고르의 여동생이 귀여워서 그러는 거예요." 우리의 목표에서 멀어지는 것 같아서 얼른 말다툼을 끝내려고 내가 나섰다.

"꿀벌?" 아빠가 갑자기 웃음을 터뜨렸다.

"꿀벌이라니, 참! 아니, 어떻게 자기 딸의 이름을 꿀벌이라고 지을 생각을 했을까! 차라리 병따개나 국자라고 짓지, 하하하!"

"난 처음 들었을 때 그게 별명인 줄 알았어요." 엄마도 나서서 거들었다. "불쌍하기도 하지! 이름이 꿀벌이 뭐야, 꿀벌이…… 호호호!"

이런! 엄마도 점점 레몽드 할매를 닮아 가기 시작한다. 꿀벌은 절대로 불쌍한 애가 아니다! 내가 화가 나서 흥분하려 한다는 걸 누나가 알아차리고, 나 대신 얼른 대답했다.

"아빠, 엄마는 정말 이상해요. 그럼 조에라는 이름은 예쁘다고 생각하세요? 내 친구 안 세비유가 키우는 강아지 이름이 조에란 말이에요!"

"네 친구 누구라고? 이름이 뭐라고?" 숨이 차도록 웃던 아빠가 말했다. "안 세비유? 카트린, 사람들이 완전히 미쳤나 봐, 안 세비유는 또 뭐야! 하하하하!"

아빠와 엄마의 웃음보가 완전히 폭발했다. 두 사람은 이제 셋째를 낳게 되면 어떤 이름을 짓는 게 좋을지, 웃기는 이름들을 열거해 보자면서 재미있어 죽으려고 했다. 고물상, 연설대, 펜치……. 아빠와 엄마는 자신들의 유머에 매우 만족하는 표정이었고, 누나와 나는 식탁 치우는 걸 생략하고 조용히 각자의 방으로 사라졌다. 난 결국 꿀벌의 성을 알아내는 데 실패하고 말았다. 하지만 꿀벌과 결혼하면 남의 이름을 갖고 비웃는 일 따위는 절대로 하지 않는, 정말 아름다운 가족을 만들겠다고 굳게 다짐했다.

케밥 색깔

꿀벌이라는 독특한 이름을 가진 사람이 설마 3000명이나 되진 않겠지……? 그것도 앙젤뤼레조시라는 도시에서만? 그런 일은 분명 없을 것이다. 그러니 편지 봉투에다 우편배달부 아저씨 앞으로 몇 마디만 정확하게 적으면 아저씨가 그 애의 집을 찾아 줄 게 틀림없다. '꿀벌의 아빠는 머리카락이 밤색이고, 꿀벌 엄마는 머리 색깔이 짙은 밤색입니다. 꿀벌의 오빠 이름은 이고르이고, 이 가족이 타는 자동차는 번쩍거리는 커다란 빨간색 차입니다'라고 쓰는 것이다. 꿀벌 엄마의 머리카락 색깔을 더 정확히 말하자면, 우리 엄마 말로는 '쇠꼬랑지' 같은 색깔이라고 하던데……. 하지만 레몽드 할매는 우편배달부 아저씨들이 너무 많이 변했다고 늘 불평이다. 예전처럼 일하지 않는다는 것이다.

편지들이 도중에 사라져서 수취인의 손에 들어가지 않는 경우도 많다고 한다. 아무튼 레몽드 할매는 배달부 아저씨들을 험하게 비난했다. 할머니는 한번 연설을 시작하면, 한 말을 또 하고 또 할 뿐 아니라, 조금 전에 한 말과 모순되는 말을 하기도 한다. 그럴 때면 아빠는 할 말이 없다는 듯이 눈을 들어 하늘을 쳐다본다. 그러면 엄마는 아빠의 말이 옳다고 인정하면서도 몹시 화를 낸다. 자신이 자기 엄마를 싫어하는 건 괜찮지만, 다른 사람들이 그러는 건 절대 안 된다고 생각하기 때문이다. 이처럼 우리 집에선 모든 게 아주 복잡하다. 왠지 꿀벌의 집은 이런 우리 집과 다를 것 같다는 생각이 든다. 사람은 자기가 생각하는 걸 말하는 법이다. 그 애의 아빠가 대담하게도 우리 아빠를 고물차 취급한 것만 봐도 알 수 있다. 우리 아빠를 그렇게 말할 정도면, 꿀벌의 아빠와 그 가족은 아주 세련되고 멋진 대화만 할 것 같다.

편지는 아직 내 주머니 안에 있다. 우표를 붙인 채 곧 떠날 준비를 하고서……. 난 편지를 제일 처음 만난 우체통에 집어넣지 않았다. 오렐리앙과 파콤이 내 뒤에서 걸어오고 있었기 때문이다. 그 애들은 벌써 휴대폰을 갖고 있는 애들이다. 그러니 내가 석기 시대 사람들처럼 편지 보내는 걸 보면, 농담과 조롱을 해 대며 날 놀릴지도 모르는 일이다. 난 다음 우체통을 향해 걸어가다가, 중간쯤에서 그 애들을 따돌렸다. 하지만 유감스럽게도 이번엔 우알라와 클로비가 내 앞에 서 있었다.

"장, 이따가 우리랑 같이 체육 수업 빼먹지 않을래?" 클로비가 내게 물었다.

1교시가 체육 시간이었다. 난 체육 수업을 빼먹는 게 장점일까 단점일까를 잠시 생각하면서, 꿀벌에게 수업 빼먹은 이야기를 하면 점수를 딸 수 있을지 어떨지 고민해 봤다. 만일 그게 장점이 될 수 있다면, 아직 편지를 보내지 않았으니까, 가끔 수업도 빼먹을 수 있는 쿨한 남자애라는 것도 장점 목록에 덧붙일 수 있을 것이다.

체육 선생님인 테나르 선생님은 절대로 학생 숫자를 세지 않는다. 아이들의 절반이 탈의실에 숨어 있었을 때도 선생님은 알아채지 못했다. 그 선생님은 늘 자기 생각에만 빠져 있다. 친구들 중에는 선생님 머릿속이 온통 6학년 영어를 맡고 있는 스톡클랭 선생님 생각으로 가득 차 있기 때문이라고 확신하는 애들도 있다. 선생님이 수업할 때 학생 숫자에 전혀 신경을 쓰지 않는 까닭에 많은 아이들이 탈의실에서 빠져나와 학교 맞은편에 있는 공원으로 향하곤 했다. 그런데 도중에 공원까지 가는 수고도 하고 싶지 않은 아이들이 생겼다. 때는 5월이니 공부하기엔 너무 아까운 계절이라는 게 이유였다. 게다가 테나르 선생님이 갑자기 학생 수에 신경을 쓴다면, 그건 서쪽에서 해가 뜰 일이다.

그래서 클로비가 제안했다.

"장, 우리랑 같이 케밥 먹으러 가자."

"아침 9시에 문을 여는 식당도 있어?" 내가 물었다.

"바보야, 넌 아무것도 모르는구나." 우알라가 한 말이다. 방금 뛰어온 랑베르와 브리외도 말을 거들었다.

"아침이어도 상관없어!" 브리외가 말했다. "폴 레몽의 형이 에투알 식당에서 웨이터로 일하고 있잖아. 그 형이 우리더러 전부 와도 된다고 했어. 아침에 오면 공짜로 먹여 주겠대."

그래서 우리는 에투알 식당으로 향했다. 클로비와 우알라, 브리외, 랑베르, 그리고 나까지 모두 다섯 명이었다. 학교에서 그리 멀지 않은 곳에 있는 그 식당은 본래 11시에 문을 열지만, 폴 레몽의 형인 에르베 형이 그 시간보다 훨씬 일찍 문을 연다고 했다. 그러곤 전날 남은 음식들을 쓰레기통에 버리기 전에 친구들이 먹을 수 있게 해 준다는 거였다. 그게 전 세계적으로 행해지고 있는 음식 낭비에 반대하는 에르베 형의 방식이라고 했다. 감자튀김은 다 식었지만, 마요네즈가 따뜻해서 그런대로 맛이 괜찮았다. 다른 애들이 몸집 커다란 아기들처럼 학교 운동장에서 펄쩍펄쩍 뛰고 있는 동안 우리는 신나게 깔깔거리며 웃고 떠들었다. 에르베 형이 소금과 후추를 주면서, 형으로서 말하는데 소금은 마음껏 뿌려도 좋지만 후추는 아껴서 사용하라고 했다. 어차피 난 후추는 먹을 생각이 없었다. 평소 먹는 음식이랑 조금만 달라져도 금방 소화 불량을 일으키는 체질이기 때문이다. 그러는 중에 폴 레몽이 왔다. 그래서 우린 다음 수업 시간에 맞춰 학교로 돌아가려고 식당을 나섰다.

옷에서 감자튀김 냄새가 났다. 집에 돌아가면 이 냄새 때문에 틀림없이 엄마가 수상쩍게 여기며 무슨 일이 있었느냐고 물을 것이다. 소바주 선생님은 오전엔 항상 두통이 심하기 때문에 우리더러 놀라고 한다. 그것도 꽤 긴 시간 동안. 하지만 이번에 난 그 시간에 놀지 않고 벤치에 앉아 있었다. 끔찍할 정도로 배가 아파서 꼼짝할 수 없었기 때문이다. 마요네즈 때문인 것 같았는데, 금방이라도 토할 것 같아서 견딜 수 없었다. 결국 쿠아냐르 선생님이 엄마에게 전화를 걸어야만 했고, 엄마는 너무나 중요한 회의 때문에 아빠에게 전화를 했다. 그랬더니 아빠는 여드름이 얼굴을 온통 뒤덮은 환자를 치료하고 있는 중이었기에 나의 대모에게 전화를 걸지 않을 수 없었다. 결론적으로 나를 데리러 온 건 쥐스틴 아줌마였다.

화요일은 쥐스틴 아줌마가 쉬는 날이라는 걸 모르는 사람이 없다. 세계 각국의 잡다한 물건들을 파는 아줌마의 가게 문 앞에 "화요일은 쉽니다"라고 씌어 있기 때문이다. 날 데리러 온 아줌마는 제발 차 안에서 토하지 말아 달라고 신신당부를 했다. 하지만 아줌마는 내가 아픈 것 때문에 마음이 아파서, 자신의 하루를 나 때문에 망쳤다는 말은 차마 하지 못했다. 단지 내 얼굴 색깔이 어떻다는 이야기만 했을 뿐이다.

“얼굴이 노랗구나.” 아줌마가 말했다. “아냐, 초록빛이야. 완전히 꽃상추 색깔이라니까! 오, 지금은 빨간색이네. 어머, 어떡해. 지금은 하얘졌어. 완전 창백해…….”

아줌마 집에 도착하자, 아줌마는 먼저 거실 소파를 보호하기 위해 커다란 쓰레기 비닐 봉투를 소파에 덮었다. 그러고 나서 그 위에 나를 눕혔다. 내가 소화 불량이 된 이유를 아줌마에게 자백하자 아줌마는 이렇게 대답했다.

“아빠와 엄마에겐 절대로 그 말 하지 마, 알았지? 수업 빼먹었다는 건 절대 말하면 안 돼, 알겠니? 이건 네게 충고하는 건데, 만일 그 말을 하게 되면, 네 부모님은 앞으로 항상 널 감시하게 될 거고, 그러면 너의 평안한 삶은 그날로 끝인 거야! 알겠니? 그런데, 자노! 넌 정말 어쩜 그렇게 귀엽니! 체육 수업을 빼먹고 케밥을 먹으러 가다니…….”

와우! 나의 대모 아줌마는 정말 멋지다. 아이들을 돌보는 건 빵점이지만, 범죄자들에겐 이렇게 천사 같을 수가! 아줌마가 내게 물었다. 그렇게 수업을 빼먹고 케밥 같은 걸 먹으러 간 일이 자주 있었니? 체육 수업은 항상 빼먹니? 내친김에 점심시간까지 빼먹은 날도 있니? 수업을 빼먹고 12세 미만 금지 영화를 보러 간 적은 없었니?

그때 마침 폴 에밀 아저씨가 아줌마에게 전화를 했다. 아줌마는 연인들이 속삭이는 달콤한 말을 아저씨와 나눈 뒤에 아저씨에게 내가 겪은 모험을 들려주었다. 나는 아줌마의 억양을 듣고, 내가 좋은 성적을 받았을 때 우리 엄마에게서 들을 수 있는 억양만큼이나 아줌마가 즐겁고 들뜨고 신이 났다는 사실을 알 수 있었다. 열이 오르내리고 쓰레기봉투 위에 누워 있는 중에도 나는 쥐스틴 아줌마를 동맹군으로 삼을 수 있겠다는 생각을 하고 있었다. 그래서 아줌마에게 결혼식에 온 친구들에 대한 소식을 물었다. 거기에 온 사람들 모두 그리고 이고르에 대해서…….

"이고르?" 쥐스틴 아줌마가 물었다. "그 미련 곰탱이 같은 애? 넌 정말 그 애가 괜찮다고 생각하는 거니? 난 정말 멍청한 애라고 생각하는데! 쉴 새 없이 실실거리며 한심한 농담이나 내뱉고 말이야. 그 애 엄마가 폴 에밀에게 한 말인데, 그 녀석이 고약한 냄새가 나는 액체와 방귀 소리 나는 방석을 갖고 와서 사람들을 엄청 웃겼다는 거야. 어휴, 걔는 영락없이 자기 아빠야. 세련되고 섬세한 구석이라곤 하나도 없다니까!"

"그래도 우리 둘은 마음이 잘 통했어요. 난 나름대로 재미있는 아이라고 생각해요."

"애, 자노야. 난 차라리 그 여동생이 더 마음에 들더라. 그 애 이름이 꿀벌만 아니었으면 좋았을 텐데……. 불쌍하기도 하지, 이름이 꿀벌이 뭐니, 꿀벌이……."

"그 애의 성은 뭐예요?"

"파튀를르."

"아, 꿀벌 파튀를르?" 그 말을 입으로 내뱉기가 무섭게 난 두 손으로 입을 막고 화장실로 뛰어갔다.

화장실에서 한참 토하고 나서 다시 소파에 누워 있을 때, 드디어 엄마가 왔다. 잠이 들락 말락 하는 중에 쥐스틴 아줌마가 엄마에게 하는 말이 들렸다. 이제 나와 공모자가 된 아줌마는 이렇게 말했다.

"바이러스가 거리에 퍼져 있는 것 같아. 구토증은 갑자기 시작된 건데, 순식간에 사라질 거야."

엄마는 나를 집으로 데리고 갔다. 그래서 대모 아줌마와 비밀스러운 대화를 계속할 수 없었다. 아줌마와 꿀벌의 이야기를 더 나누려면, 난 반드시 에투알 식당으로 되돌아가야 한다. 그래서 쿠아냐르 선생님이 엄마에게 전화를 걸어 내가 아프다고 말할 수 있도록 난 다시 소화 불량에 걸려야만 한다.

식료품 은행

에르베 형은 우알라가 탈수를 일으킬 때까지 구토를 하자, 놀란 우알라의 부모님이 항의를 하는 바람에 에투알 식당에서 쫓겨나고 말았다. 삶은 정말 불공평하다. 많은 친구들에게 공짜로 아침 식사를 하게 해 준 에르베 형이 그 관대한 행동 때문에 실직을 하게 되다니! 그래서 나와 친구들은 그 형을 위해 음식 모으는 운동을 벌이기로 결심했다. 형의 부모는 형이 말썽을 부린 게 이번이 처음이 아니기 때문에 더는 못 참겠다고 하면서, 작은 원룸 하나를 빌려서 그곳으로 형을 내보냈다. 원룸은 너무 작은 데다가 화장실도 복도에 있다. 폴 레몽은 자기가 먹는 식사를 줄여서 모은 음식을 일주일에 두 번씩 자기 형에게 갖다주었다. 조에 누나는 우리가 먹을 것을 모으기로 했다는 것이 몹시 마음에 든 것 같았다. 누나는 이미 에르베 형을 만난 적이 있었다. 그래서 그의 부모가 열여덟 살짜리 소년을 밖으로 내놓는 행동을 이해하지 못하겠다고 했다. 열다섯 살인 누나 역시 세상이 공평하기를 바랐다. 그래서 언젠가는 세상 모든 사람이 서로의 차이를 아무렇지 않게 여기는 날이 왔으면 좋겠다고 말했다.

"뚱뚱한 사람들과 비쩍 마른 사람들은 언제나 있는 법이야."

엄마가 그렇게 반박하자 아빠도 한마디 했다.

"카트린, 당신은 어떤 주제를 내놓아도 꼭 몸무게 이야기로 결론을 내고 있으니, 대체 왜 그러는 거요? 항상 음음으로 이야기하는 아스트리드 처형처럼 말이야."

"어머나! 내가 몸무게 이야기를 했어요, 크리스티앙? 그럴 생각이 전혀 없었는데……."

누나는 그 틈을 이용해서 자기 몫의 빵을 몰래 집어 식탁 밑에 숨겨 둔 작은 비닐봉지 속에 넣었다. 우린 거기다가 에르베 형을 위해 남겨 둔 음식들을 모았다. 고기와 생선과 치즈 같은 건 피하고, 며칠씩 보관할 수 있는 건 뭐든 다 담았다. 그리고 주방 찬장에서 참치 통조림과 견과류도 훔쳤다. 에르베 형의 음식 은행은 점점 더 번창해 가는 중이다. 특히 작은 슈퍼를 운영하는 브리외의 아빠 덕분이다. 브리외는 에르베 형이 요구하는 건 모두 훔쳐 왔다. 폴 레몽은 이 계획에 대해 찬성 반 의심 반인 아이들에게 그건 훔치는 게 아니고, 서로 돕고 사는 거라고 설명했다. 조에 누나도 자기 반 친구들까지 동원했다. 에르베 형은 말하기를, 우리가 가져온 음식과 식료품이 자기 방에 다 쌓을 수 없을 정도로 많아지면, 모은 것들을 되파는 가게를 세울 거라고 했다. 그러면 판매 수익으로 형처럼 부모한테서 쫓겨난 다른 불쌍한 친구들을 먹여 살릴 수 있을 것이다. 그러니 우리가 식료품을 더 많이 갖고 갈수록 좋은 일을 하는 셈이다. 난 꿀벌 파튀를르에게 재빨리 이 이야기를 했다. 애석하게도 그 애는 아직 답장을 안 보내고 있다. 난 우리 집 주소를 편지 안에 적어 보냈다. 그 애의 부모가 편지 겉봉에 적힌 우리 집 주소를 보는 순간, 자신들의 차와 접촉 사고를 낸 회색 자동차의 주인들, 그러니까 사건 진술서를 작성한 우리 부모의 이름을 알아볼까 봐 겁이 났기 때문이다.

조에 누나와 나는 아빠와 엄마가 이야기하는 틈을 타서 이런 저런 잡담을 나누려고 우리 방으로 슬쩍 들어갔다. 그런데 부모님이 우리 방까지 찾아왔다. 그러곤 우리에게 할 말이 있다고 했다.

"오, 드디어 올 것이 왔군! 틀림없이 이혼하려는 거야."

난 천천히 몸을 돌려 아빠와 엄마 뒤를 따라 거실로 가면서 조에 누나에게 그렇게 속삭였다.

"너 미쳤니!" 누나가 말했다.

"두 사람이 얼마나 죽이 척척 잘 맞는데! 아마 이사하려는 걸 거야."

"누나, 그건 말이 안 돼! 아빠와 엄마는 정원이 있는 우리 집을 얼마나 아끼는데 그래! 마치 집에서 기르는 개처럼 애지중지하잖아."

아빠와 엄마가 긴 소파에 앉았다. 식탁은 아직 치워지지 않은 상태였다. 엄마는 깨끗이 정리되지 않은 식탁에서 대화하는 건 절대 못 견디는 사람이다. 저녁 식사가 끝난 시간이면 텔레비전에서 아무리 재미있는 영화를 하더라도 부엌이나 거실이 채 정리되지 않은 상태에서 영화를 보느니, 차라리 영화의 앞부분을 놓치는 게 낫다고 생각하는 사람이 바로 우리 엄마다. 그런데 오늘은 이상했다. 식탁이 아직 치워지지 않았는데도 우리와 이야기를 하겠다는 것이다. 엄마는 등을 쭉 편 채 똑바른 자세로 앉아 우리를 바라보았다.

"얘들아." 아빠가 이야기를 시작했다.

"엄마와 아빠가 너희에게 알려 줄 소식이 있단다."

"엄마! 혹시 임신했어요?" 조에 누나가 눈을 동그랗게 뜨고 엄마에게 물었다.

"오! 우리 조에……." 엄마가 울컥하여 목이 멘 소리로 말했다.

"이리 오렴, 내 딸아, 어디 한번 안아 보자꾸나……."

"엄마, 혹시 이가 하나 빠졌어요? 그래서 그런 거예요?" 이번엔 내가 물었다.

"장!" 아빠가 말했다. "조에 누나가 방금 말한 것처럼, 엄마는 몇 달 후면 동생을 낳을 거야."

"그런데 왜 울어요?"

"그건 엄마가 굳이 말하지 않아도 누나가 먼저 알아차렸기 때문이야."

"누나가 먼저 알아차린 게 왜 슬픈 일이에요?"

"슬픈 일이어서가 아니라, 멋진 일이라서 그런 거란다. 가족만이 할 수 있는 일이니까 말이야." 아빠가 대답했다.

어라? 멋질 때도 우는 건가? 엄마가 임신했다고? 그런데 어디 배가 불렀다는 거야? 앞에서 보면 빼처럼 가늘고, 옆에서 봐도 배가 납작한데, 대체 아기가 어디 있다는 건지 알 수가 없다. 엄마는 이쑤시개처럼 가느다란 팔을 내게 내밀었다.

"이리 오렴, 우리 아들." 엄마가 말했다. "자노, 넌 언제까지나 내 아가란다……."

그러면서 엄마는 누나와 나를 꼭 끌어안았다. 그리고 바짝 붙어 있던 아빠도 끌어안았다. 이번엔 아빠가 눈물을 흘렸다. 아빠도 감정이 격해진 것 같다. 하지만 난 여전히 아무렇지도 않았다.

"아기는 언제 태어나요?" 조에 누나가 물었다.

"11월. 아마 만성절 휴가 중에 태어날 것 같아."

"그럼 그때 우린 수염 할매와 무릎 할배 집에 안 가요?" 내가 걱정이 되어 물었다.

"아마 너흰 갈 수 있을 거야. 내가 출산 때문에 병원에 있을 때."

"아기 낳는 데 열흘쯤 걸릴까요?" 누나가 농담처럼 말했다.

"뭐라고?" 이번엔 내가 놀라서 말했다. "열흘이나?"

"아냐, 자노. 걱정하지 마. 열흘이나 할머니 댁에 있게 되진 않을 거야……."

"그럼 며칠이요? 수염 할매에게 오래 있을 거라고 약속했는데…… 무릎 할배도 나랑 축구하고 싶다고 하셨단 말이에요. 다리 보정기를 달고 공 다루는 걸 훈련하실 거라고 했어요. 내가 할배 집에서 일주일밖에 못 있겠다고 하면 할배 할매가 몹시 슬퍼하실 거예요. 수염 할매가 우릴 범고래 쇼에 데리고 간다고도 하셨어요."

"걱정 마, 자노. 네가 스트레스를 받는 건 당연해. 하지만 아기가 생기면 단점보다 장점이 훨씬 더 많단다." 아빠가 내게 설명했다.

"맞아, 그리고 아기가 있으면……." 엄마가 말을 이었다. "가족 간의 사랑도, 관계도 더 깊어질 거야. 동생이 생긴다고 해서 아빠 엄마가 네게 무관심해지는 일은 절대 없을 거야. 약속할게. 난 여전히 네 엄마고, 조에도 여전히 네 누나고, 아빠도 여전히 네 아빠야. 우린 영원히 넷이야. 이제 곧 다섯이 되겠지."

아빠와 엄마는 너무 바보 같다. 둘이 항상 너무 붙어 있다. 그래서 내가 화장실도 없는 좁은 방에서 먹을 것도 없이 지내면서 누가 먹다 남은 음식을 갖고 오기만 기다리고 있다고 해도 나를 보러 오는 일은 없을 것이다. 문제는 태어날 아기가 아니라 수염 할매가 실망할 거라는 사실이다. 할머니가 나를 세상에서 제일 좋아하는 건 결코 내 잘못이 아니다. 물론 할머니는 조에 누나도 좋아한다. 그렇지만 나를 좋아하는 것과는 차원이 다르다.

아빠와 엄마가 서로 얼싸안았다.

"아빠, 엄마! 우리가 여기 있는 게 불편하면 말해요!" 누나가 한마디 했다.

"얼마나 나이를 먹으면 키스하는 걸 그만두게 되는 거죠?"

엄마가 웃음을 터뜨렸다. 그러자 내가 나도 모르게 입 밖으로 소리를 내어 묻고 말았다.

"입술에 하는 키스는 언제부터 할 수 있어?" 난 내가 말해 놓고도 두 뺨이 빨개지는 걸 느꼈다.

헉! 대체 내가 무슨 일을 저지른 거지? 방금 뭐라고 한 거야?

아빠가 조에 누나를 쳐다보며 말했다.

"아, 열여덟 살이 되기 전엔 안 되지. 내 말은……."

"열아홉 살." 엄마가 말했다.

"자노, 우리 이제 방으로 가자." 누나가 내게 말했다. "아빠랑 엄마가 둘이서 실컷 웃으며 좋아하시라고 말이야."

"왜 그러니, 조에?" 엄마가 섭섭한 표정으로 말했다.

"미안해요……." 누나가 일어나면서 말했다.

나중에 누나가 말해 주었다. 자기 나이가 되면 잘못한 일이 없는 데도 미안하다고 사과하는 건 정말 짜증 나는 일이라고. 하지만 그 짧은 한 마디가 길어질 수도 있는 말다툼을 빨리 끝내 준다는 걸 알게 되었다고. 누나와 나는 에르베 형에게 갖다줄 음식들을 분류해서 비닐봉지에 담았다. 그리고 그것들을 침대 밑에 숨겼다. 그때 조에 누나가 말했다.

"그런데 말이야, 아무리 봐도 에르베가 아빠보다 훨씬 잘 생기지 않았니?"

사랑은 귀머거리

방금 편지 한 통을 받았다. 하지만 감히 펴 볼 엄두가 나지 않았다. 앙젤뤼레조시에서 내게 편지를 보낼 사람이 누가 있을까? 꿀벌 말고. 엄마는 아기 방에 걸 커튼 견본품을 내게 보여 주고 있었는데, 나는 얼른 그 일이 끝나기만을 기다리고 있었다. 내 생각엔 어떤 커튼을 고르든 상관없을 듯한데, 엄마는 그 일에 굉장히 열심을 내고 있다. 엄마는 손재주가 별로 없는 사람이라고 아빠가 말해 주었지만, 그래도 엄마는 아기 침대 위에 드리울 천막 형태의 지붕을 누구의 도움 없이 직접 만들겠다고 고집을 부렸다. 엄마는 먼저 지붕의 틀을 이루는 막대 네 개를 고정한 다음, 여러 조각의 천으로 막대를 두 개씩 연결시켰다. 그러고 나서 완성된 틀 위에 천을 씌워야 하는데, 그 일이 꽤 복잡해서 내 도움이 필요했다. 엄마가 인터넷에서 찾아낸 가이드 선생님이 제작 방법은 잘 알려 주었지만, 지붕을 이루는 천이 밑으로 얼마나 떨어져야 하는지에 대해선 언급하지 않았다고 한다. 엄마는 비슷한 계열의 색을 선택하려고 하는데, 어떤 색이 좋겠느냐고 내게 물었다. 내가 분홍색 계열로 하자고 했더니, 엄마는 이렇게 대답했다.

"그랬다가 만약 사내아이가 태어나면 어떻게 하지?"

내가 다시 파란색 계열로 하자고 했더니, 이번엔 딸일 수도 있기 때문에 그건 안 된다고 했다. 나는 그러면 베이지색으로 하자고 했다. 엄마는 베이지색은 너무 우울하고 밋밋하고 지루하게 느껴진다고 했다. 그래서 난 다시 조에 누나의 의견을 물어보자고 했다. 그랬더니 엄마는 이렇게 대답했다.

"오! 조에는 색깔을 고르는 데는 정말 소질이 없어……."

하지만 그건 엄마가 아주 잘못 생각하고 있는 거다. 나는 조에 누나가 색깔에 얼마나 관심이 많은지 확실한 증거를 갖고 있다. 누나는 크리스마스 때 쓰려고 저축한 돈으로 빨간색 별이 그려진 하늘색 스웨터를 샀다. 그리고 반에서 모은 식료품들을 폴 레몽과 함께 에르베 형에게 전해 주러 갈 때면 항상 그 스웨터를 입었고, 목 부분이 많이 패여서 어깨가 다 보이는 그 스웨터를 입을 때면 반드시 녹색 끈이 달린 브래지어를 했다. 난 요즘 들어 누나의 몸무게가 눈에 띄게 줄었다는 걸 눈치챈 유일한 사람이다. 누나는 케이크와 과자는 하나도 먹지 않고 에르베 형을 위해 보관해 두었다. 그리고 혹시 군것질할 게 없을 때를 대비해서 평소에 자기 방에 감춰 둔 것들까지 몽땅 에르베 형에게 갖다주었다.

아무래도 누나는 에르베 형을 사랑하게 된 것 같다. 그래서 적어도 분홍색에 대해선 정통한 사람이 되었다. 폴 레몽을 보는 순간 그때부터 얼굴이 분홍색으로 변하기 시작하기 때문이다. 자기가 그의 형에게 완전히 반했다는 걸 폴 레몽이 알아차릴까 봐 두려운 걸까? 조에 누나는 폴 레몽과 함께 5시에 에르베 형의 집을 찾아간다. 학교 운동장을 나가기 전에 누나는 매번 날더러 자기의 이와 코와 귀를 검사해 달라고 부탁한다. 운이 좋게도 내가 다니는 초등학교와 누나가 다니는 중학교가 같은 건물 안에 있다. 그래서 난 누나가 원하는 대로 이와 코와 귀를 검사해 줄 수 있다. 비가 올 때는 머리카락도 검사해 준다. 언젠가 깜빡하고서 누나의 이빨 사이에 샐러드 조각이 낀 것을 알려 주지 못했을 때, 누나는 내게 엄청 화를 냈다. 다행히도 그날 마침 스쿠터에 있는 백미러를 보면서 혼자 이빨 검사를 할 수 있었기에 망정이지!

엄마가 침대 지붕의 색깔을 놓고 고민하고 있을 때, 다행스럽게도 쥐스틴 아줌마가 전화를 했다. 엄마는 아줌마와 수다를 떨기 위해 하던 일을 멈추었다. 분명히 오랜 시간이 걸릴 테니 난 이만 내 방으로 돌아가도 될 것 같았다. 등 뒤에서 엄마가 하는 말이 들렸다. "아냐, 걱정하지 마! 넌 벌써 장의 대모가 되어 주었잖아. 다음 아이의 대모는 네가 안 해도 돼. 약속할게."

내 방으로 돌아와서 문을 닫은 후, 방문에 등을 기댄 채 봉투를 열었다. 누가 내 방문을 열면, 내 등이 막고 있어서 얼른 편지를 다시 넣어 둘 시간이 있기 때문이다.

안녕, 장,

편지 보내 줘서 고마워. 나도 영어를 꽤 잘해. 탁구는 아주 잘하는 편이지. 사람들이 내게 나중에 대학교에 가면 체육 공부를 하라고 제안했지만, 난 중학교에서 배우게 될 라틴어를 너무 좋아하기 때문에 내가 배워야 할 것과 상관없는 공부 따위는 하고 싶지 않아. 난 아직 네 생각은 안 해 봤어. 하지만 네가 편지를 보내 왔으니, 나도 네 생각을 해 볼게. 하지만 자주 하진 못할 거니까, 너무 기대하지 마. 왜냐하면 난 해야 할 일도 아주 많고, 하고 싶은 일도 아주 많아서 몹시 바쁘거든. 그리고 네게 특별히 알려 주는 건데, 내겐 곧 강아지 한 마리가 생기게 돼. 래브라도! 그 강아지는 우리 가족의 것이지만, 내 강아지라고 할 수 있어. 먹이를 주고 산책시키는 일을 내가 맡게 되었거든. 그래서 이름도 내가 지을 거야. 난 래브라도 색깔도 벌써 골랐어(한번 맞춰 봐). 강아지 목걸이도 내가 고를 거야. 그러니 그 강아지는 세상에서 나를 제일 좋아하게 되겠지. 그 강아지는 뭐든 내가 하자는 대로 하게 될 거라고 아빠가 그랬어. 그런데 우리 아빠는 너의 아빠와 엄마에 대해 별로 안 조은 기억을 갖고 있어. 하지만 내가 우표를 얻으려고 엄마에게 네 편지 이야기를 했더니, 엄마는 어른들 사이의 지나간 싸움은 중요하지 않다고 그랬어. 애들은 어른들의 싸움도 지울 수 있는 능력을 갖고 있대. 자, 이제 그만 써야겠다. 지금 나랑 놀려고 기다리고 있는 친구들이 엄청 많거든. 난 인기가 너무 많아서 좀 피곤하기도 해. 그리고 난 다른 어느 곳보다 우리 집에서 노는 게 제일 조아. 우리 집만큼 조은 집을 못 봐서 그럴 거야.

그럼 다음에 또 보자.

꿀벌.

아, 꿀벌은 얼마나 다정한 소녀인지! 또 얼마나 재미있는 아이인지! 간간이 일부러 맞춤법도 틀리게 써서 웃게 만드는 걸 보면 유머가 굉장히 많은 아이인 게 분명하다. 게다가 그 애에겐 강아지도 생길 것이다! 래브라도, 꿈의 강아지! 그 강아지는 흰색일까? 검은색일까? 아니면 초콜릿색? 아니면 그 애 아빠의 자동차처럼 빨간색일까?

이빨 검사

엄마는 친정 엄마인 레몽드 할매가 저녁 식사를 하러 올 때마다 운다. 레몽드 할매가 우리 집에 와 있는 동안 엄마는 꾹 참고 있다. 오만상을 찌푸린 채 언제라도 반격에 나설 방어 태세를 갖추고서! 엄마는 레몽드 할매와 있을 때마다, 정말 싫어하는 장소에서 절대로 자신을 이해하지 못하는 사람들에게 둘러싸여 매우 슬픈 인생을 살고 있는 듯한 느낌을 준다. 그리고 창밖만 내다보면서 할머니와의 모든 대화를 피하고 있었다. 할머니의 이야기는 거의 정해져 있었다. 누나와 나의 복장이 우스꽝스러워서 걱정이라는 것, 우리 가정 교육이 너무 엉망이어서 걱정이라는 것, 엄마의 몸이 너무 약하고 예민해서 걱정이라는 것, 두메 형의 음음 때문에 걱정이라는 것, 아스트리드 이모가 너무 게으르고 예민하지 못해서 걱정이라는 것, 곧 여름 방학이 다가올 것을 생각하니 걱정이라는 것……. 엄마는 어떤 주제에서든 할머니가 내놓는 의견을 못마땅해했다. 특히 할머니가 항상 마무리 주제로 꺼내는 조에 누나의 몸무게 이야기만 나오면, 완전히 흥분해 버린다. 그럴 때마다 아빠가 엄마에게 참고 진정하라는 눈길을 보낸다. 그러면 엄마는 폭발하고 싶어 어쩔 줄 모르다가도 아빠의 눈치를 보며 꾹 참고 감정을 억누른다. 마치 압력솥처럼. 고문 같은 저녁 식사가 끝나면 아빠가 할머니를 집까지 모셔다드린다. 운전 면허증도, 운전해 줄 남편도 없는 할머니는 당연히 데려다줄 거라고 믿는 사위가 있기 때문에 택시 탈 생각 같은 건 아예 하지 않는다. 내가 잠자리에 들었을 때, 현관문 열리는 소리가 들렸다. 곧 농담하는 아빠의 목소리가 들렸고, 이어서 눈물범벅이 된 엄마의 코맹맹이 소리가 들렸다. 엄마는 뭔가 말하려고 하는데 단 한 마디밖에 안 나오는지 왜라는 말만 되풀이했다. 난 알고 있다. 아빠는 엄마에게 제발 웃어넘기라고 간청할 거고, 엄마는 계속 눈물을 흘리면서 다정하고 상냥한 부모 밑에서 자랐기 때문에 못된 엄마를 참아 내는 게 얼마나 힘든 일인 줄 모른다면서 아빠를 원망할 거라는 걸. 아빠의 엄마인 수염 할매는 정말 다정하고 부드럽기가 솜사탕 같다. 수염 난 턱만 빼면. 그리고 아빠의 아빠인 무릎 할배는 정말 관대하고 마음이 넓다. 다리가 하나밖에 없는데도! "내 배가 진짜 그렇게 뾰족해요?" 엄마가 아빠에게 물었다. 레몽드 할매가 까탈스러운 표정으로 엄마를 흘겨보면서, 입술을 비죽이 내민 채 엄마의 배가 벌써부터 앞으로 뾰족하게 나온 걸 보니 아들인 게 분명하다고 예언을 했기 때문이다. 엄마가 할머니의 눈길을 피해 뒤를 물러서면 설수록, 할머니는 쫓아가듯 엄마에게 더 다가가면서 배가 너무 튀어나온 데다 얼굴은 백지장처럼 창백하다면서 혀를 쯧쯧 찼었다.

아빠가 그렇게 엄마를 달래고 있을 때, 난 내 방을 나와 거실로 향했다. 아빠와 엄마에게 해 줄 말이 있었기 때문이다. 엄마는 아빠의 품에 안겨 있었고, 아빠는 엄마의 기분을 풀어 주려고 할머니 흉내를 내고 있었다. "아이고, 불쌍한 내 딸! 이렇게 몸이 상했는데도 불행하지 않다니! 세상에, 네가 태어날 때 얼마나 예뻤는데! 그런데 지금의 너 좀 보렴, 삶이 널 얼마나 망가뜨렸는지 말이야……."

엄마의 뺨에선 여전히 눈물이 흐르고 있었지만, 얼굴은 벌써 웃고 있었다. 나는 아빠와 엄마에게 다가가서 누나가 듣지 못하도록 작은 소리로 말했다.

"아빠와 엄마는 누나가 살이 빠졌다는 걸 왜 알아차리지 못하세요?"

아빠와 엄마가 당황한 얼굴로 나를 바라봤다.

"누나가 얼마나 말랐는지, 바지가 펄럭거린단 말이에요. 티셔츠도 헐렁헐렁하고. 그래서 누난 요즘 아주 행복해요. 그러니 아빠 엄마도 그만 슬퍼하세요."

그러곤 대답도 기다리지 않고, 휙 뒤돌아서 잠자러 내 방으로 들어갔다.

다음 날 아침이었다. 누나와 내가 주방에 들어갔을 때, 아빠와 엄마는 아직 자리를 뜨지 않고 우리를 기다리고 있었다. 특히 누나를. 몇 주 전부터 누나는 아침 식사 때 케이크도 먹지 않고 코코아도 마시지 않고, 구운 빵에 버터를 발라 조금 먹고 있다. 게다가 탄산음료가 아닌 차를 마신다. 하지만 그걸 알아차린 건 몇 주 동안 나 혼자 뿐이었다. 엄마는 조에 누나가 티백을 집는 것을 놀란 눈으로 지켜보았다. 그러곤 누나를 쳐다보는 데 빠져서 자신도 모르게 내 간식을 입으로 가져가고 있었다.

"엄마도 비스킷 드세요?" 누나가 엄마에게 물었다. "임신을 해서 과자가 자꾸 당기는가 봐요?"

아빠도 조에 누나의 엉덩이에서 눈을 떼지 못했다. 확실히 물주머니가 아직 남아 있긴 했다. 하지만 물병 여섯 개의 분량에서 적어도 두 병은 사라졌다.

"난 오늘 조금 늦을 거예요." 조에 누나가 말했다. "아무리 늦어도 6시 반까지는 올게요. 알았죠?"

"오, 그러렴." 엄마가 대답했다. "하고 싶은 대로 해. 근데 조에…… 너 요즘 운동하니?"

"엥?"

"헬스클럽에 다니는 거니? 수업 끝나고? 그래서 늦는 거야?"

"아니면 친구들하고 광장을 몇 바퀴 뛰러 가는 거니?" 아빠도 물었다.

"아! 그러고 보니……." 엄마가 말했다. "너 요즘 롤러스케이트 타는구나?"

"아뇨, 그냥 친구에게 잠깐 들러서 인사 좀 하고 오려고요." 조에 누나가 주방에서 나가면서 말했다. "자노! 금방 옷 갈아입고 올게, 같이 가자, 응?"

친구? 친구 누구? 누나가 시야에서 사라지자마자 아빠가 내게 물었다. 하지만 조에 누나와 난 서로 속내를 털어놓을 수 있는 사이다. 그래서 누나의 비밀을 폭로하고 싶지 않았다.

"남자 친구야?" 엄마가 거듭 물었다. "자노, 말해 보렴. 넌 알고 있지? 어떤 애니? 착한 애야? 정상적인 애야?"

"아뇨!" 내가 웃으면서 말했다. "눈이 있어야 할 자리에 만두가 들어 있고, 발이 다섯 개인데, 그중 하나는 등에 붙어 있어요."

"오, 자노……." 엄마가 다시 말했다. "제발, 넌 착한 애잖아. 정말 이상해서 그래. 조에가 저렇게 변한 게…… 구운 빵만 먹고, 차를 마시고, 어깨가 드러나서 브래지어 끈이 다 보이는 커다란 스웨터를 입고…….”

“그러게.” 아빠가 한숨을 쉬었다. “여보, 조에는 지금 사랑에 빠진 거야.”

헉! 알아차린 사람이 있다니! 아빠는 대체 어떻게 안 거지? 딸이 다 자랐다는 사실을 엄마가 알아듣도록 설득하려면 아마도 아빠는 하루 휴가를 받아야 할 것이다.

“카트린, 난 이제 일하러 가야 해요. 하지만 빨리 일을 정리하고 일찍 퇴근해서 당신 사무실로 갈게. 우리 둘이서 새로워진 딸내미를 축하하기 위해 한잔 마시고 옵시다!”

“크리스티앙, 난 이제 술 마실 수 없어요. 지금 임신 중이라는 걸 잊었어요?” 엄마가 아빠의 말을 딱 잘랐다.

래브라도. 꿀벌이 래브라도를 기다리듯이 엄마는 아기를 기다리고 있다. 엄마도 래브라도를 기다리고 있으면 좋을 텐데. 그럼 그 녀석은 분명히 밝은 베이지색일 거고, 나는 ‘룰루’라고 이름 지을 것이다. 그 녀석은 몇 달 후에 태어날 거고, 그래서 지붕 달린 침대 위에서 잠을 잘 것이다. 그 녀석은 나를 제일 좋아하게 될 것이다.

아빠가 누나와 나를 차로 데려다주었다. 학교 앞에서 에르베 형을 발견한 누나가 놀라서 소리를 지르며 말했다.

"꺄악! 자노, 빨리 이빨 좀 봐 줘, 빨리 빨리!" 누나가 울부짖듯 말했다. "머리카락도! 코도 봐 줘!"

"차 안에서 그렇게 소리 지르지 마라." 아빠가 나섰다. "대체 무슨 일인데 그래?"

"아빠, 사랑하는 아빠, 여기서 내려 줘요. 제발 부탁이에요. 저 애가 날 보면 안 된단 말이에요."

"저 애가 그 친구냐?" 아빠가 물었다

"앞으로 더 가지 말아요! 네, 저 애예요."

하지만 벌써 늦었다. 에르베 형이 우릴 보고 말았다. 폴 레몽과 형이 우리 차를 향해 다가왔다. 에르베 형이 조에 누나가 있는 쪽의 문을 열어 주었다. 그리고 누나가 내리자 가방 메는 걸 도와주었다. 형은 약간 고개를 숙여 아빠에게 인사를 했다. 나는 폴 레몽에게 달려들었고, 우리는 장난으로 씨름을 했다. 아빠는 차 소리를 붕 내면서 떠났다.

우리랑 너무 달라

벌, 벌, 꿀벌!

네 이름이 곤충 이름이라는 건 알고 있지? 지구에 있는 벌의 종류는 1000종이 넘는대.

있잖아, 우리 누나에게 사랑하는 사람이 생겼어. 이름은 에르베인데, 로빈 후드라고 불릴 만해. 가난한 사람들을 돕기 위해서 부자들의 것을 훔치기 때문이야. 누나가 그 형을 사랑하고부터 몸무게가 아주 많이 줄었어. 난 누나를 위해서 정말 잘된 일이라고 생각해. 그동안 아빠와 엄마가 항상 슬픈 얼굴로 누나를 바라보곤 했거든. 물론 그때도 누나는 아빠와 엄마의 동정 어린 눈길에 별로 신경 쓰지 않았지만! 참 그러고 보니, 내가 아직도 네게 우리 할배와 할매 이야기를 하지 않았구나. 우리 할배와 할매도 개들을 키우고 계셔. 비록 래브라도는 아니지만 말이야. 내가 많이 생각해 봤는데, 네 강아지는 초콜릿 색깔일 것 같아. 참, 우리 엄마가 곧 아기를 낳을 거라는 말도 깜빡 잊고 안 했지 뭐야. 친구들이 날더러 동생이 생겨도 괜찮으냐고 물어봐. 하지만 난 지금으로선 그 질문에 대답할 수가 없어. 그 아기를 내 친구로 만들고 싶은지 어떤지는 일단 그 애를 봐야만 알 수 있을 것 같아. 넌 시골에 산다지? 그곳은 논밭이 있는 곳이니, 아니면 산속이니? 그것도 아니면 바닷가니?

네 답장을 기다릴게.

윙윙.

장.

지금 내게 우표를 공급해 주는 사람은 에르베 형이다. 형은 식료품 은행에 우표첩을 여러 권 갖고 있다. 우알라가 자기 엄마 사무실에 가서 우표첩을 몇 권 훔쳐 왔기 때문이다. 난 조에 누나와 에르베 형이 뽀뽀도 했을 거라고 거의 확신한다. 누나가 예전보다 훨씬 더 자주 미소를 짓고, 형을 쳐다볼 때도 예전보다 덜 빨개지기 때문이다. 또 에르베 형이 학교가 끝날 때마다 누나를 데리러 오고, 누나를 보자마자 달려오기 때문이다.

형은 아직 일자리를 찾지 못했다. 불쌍한 에르베 형은 지금 당장 일을 하고 싶어 하지만, 조에 누나가 형이 직업에 관해 올바른 생각을 갖는 게 먼저라면서 성급하게 일을 시작하지 말라고 했기 때문이다. 에르베 형이 이번 토요일에 우리 집에 오기로 했다. 왜냐하면 누나가 아빠와 엄마 모르게 에르베 형과 영화관에 가려고 했다가, 딱 들켜서 혼이 났다. 아빠와 엄마는 절대로 안 된다고 딱 잘라 말했다. 대신 에르베 형을 집으로 초대하는 건 허락하겠다고 했다. 우리 집에서 멀지 않은 곳에 클로비의 아빠가 작은 영화관을 운영하고 있는데, 독립 영화와 예술 영화를 주로 상영하는 곳이다. 조에 누나는 <헐크>를 보고 싶어 했지만, 에르베 형이 아주 멋진 이스라엘-터키 영화를 보자고 했었다. 정말 위대한 작품이라며 실망시키지 않을 거라고 누나에게 장담했다는 것이다.

아무튼 조에 누나는 입술에 바르는 립스틱을 사는데 용돈을 다 썼고, 형은 한 푼도 없는 형편이다. 그런데 클로비의 아빠는 아주 친절하다. 우리가 돈을 안 내고 들어가도 우리를 못 본 척해 준다. 클로비의 말에 따르면, 그의 아빠는 아이들에게 영화를 보여 주는 걸 즐거워한다고 한다. 아무튼 그렇게 해서 에르베 형이 우리 집에 오게 되었다.

아빠와 엄마가 한 시간 전부터 깔깔대며 웃고 있다. 조에 누나가 정색을 하고 웃음기 없는 얼굴로, 아빠와 엄마의 복장에 대해 솔직한 비평을 했기 때문이다.

"좋아요, 엄마가 임신 중인 건 알아요." 누나가 엄마에게 말했다. "하지만 엄마가 입은 원피스는 꼭 주방에서 입는 앞치마처럼 보여요……. 크리스마스 때 입은 원피스 또 입으면 안 돼요?"

엄마는 누나의 말을 순순히 따라 크리스마스 같은 특별한 날에 입는 원피스를 입고 나왔다. 하지만 지퍼를 올릴 수가 없었다.

"배가 너무 나왔나 봐." 엄마가 아빠의 시선을 피하면서 말했다.

"그리고 아빠!" 누나가 울부짖듯 말했다. "아빠는 꼭 무도회에 가는 것 같아요. 그 구닥다리 셔츠보다 차라리 티셔츠를 입는 게 어때요?"

"얘, 그것 참 궁금하구나." 엄마가 웃으며 말했다. "왜 난 크리스마스 정장 원피스를 입어야 하고, 아빠는 티셔츠를 입어야 해?"

"모르겠어요." 누나가 투덜거렸다. "제발 뭔가 괜찮은 옷을 좀 찾아 봐요. 30분 후면 에르베가 온단 말이에요!"

아빠와 엄마는 또다시 방으로 들어갔다가 몇 분 후에 다시 나왔다. 긴 원피스를 입고 나온 엄마는 이번에도 역시 지퍼를 다 잠글 수 없었고, 아빠는 장례식 복장이었다. 아빠도 엄마도 우스워서 터져 나오는 웃음을 참을 수 없었고, 그건 나도 마찬가지였다. 하지만 조에 누나는 눈에 눈물이 그렁그렁했다.

"아빠, 엄마는 너무해요. 너무 고약해! 내가 에르베 앞에서 창피를 당했으면 좋겠어요?" 누나가 소리를 질렀다.

아빠가 순순히 누나에게 잘못을 인정했다.

"오, 조에. 장난 좀 쳐 본 거야. 엄마는 꽃무늬 있는 원피스를 입을 거야. 엄마가 입을 수 있는 원피스는 그것밖에 없거든. 그리고 난 네 말대로 티셔츠를 입을 거다. 이제 됐니?"

조에 누나는 대답하지 않고, 머리를 빗기 시작했다. 그런데 그게 제대로 되지 않는 듯했다.

"내가 머리를 인디언식으로 땋아 줄까?" 엄마가 제안했다.

"네, 그렇게 해 주세요." 누나가 대답했다. "하지만 엄마, 그 전에 옷부터 갈아입으세요."

드디어 에르베 형이 벨을 울렸다. 마침 머리 땋기가 막 끝난 참이었다. 아빠가 문을 열자, 에르베 형이 모습을 드러냈다.

"에르베 드 푸테스입니다. 만나 뵙게 되어 반갑습니다."

그러곤 엄마에게 다가가더니 마치 등에 화살이라도 맞은 것처럼 고개를 푹 숙였다.

"에르베 드 푸테스입니다. 경의를 표합니다. 아주머님."

난 너무 웃음이 나왔지만, 형의 손에 내 편지가 들려 있는 걸 보고 간신히 참을 수 있었다. 형이 내게 편지를 내밀면서 이렇게 말했다.

"장, 아파트 현관에 있는 난방 기구 위에서 이 우편물을 발견했어. 너한테 갖다주는 게 좋을 것 같더라고."

난 말없이 편지를 받았고, 아빠와 엄마는 에르베 형에게 앉으라고 권했다. 형은 소파 위에 등을 꼿꼿하게 세우고 앉아서 무릎 위에 두 손을 단정하게 얹었다. 그러곤 조에 누나를 향해 미소를 보이면서 눈길을 한 번 보낸 다음, 엄마를 향해 한 번, 아빠를 향해 한 번, 양탄자를 향해 한 번 눈길을 보낸 뒤에 고개를 푹 숙였다. 난 금방이라도 웃음이 터져 나올 것 같아서 얼른 주방으로 피했다.

"전 학교를 다니고 싶지 않아요." 에르베 형이 설명했다.

"오늘날의 고등학교가 별 볼 일 없다는 점을 고려할 때, 저는 스스로 더 많은 것을 배우고 싶습니다. 그런데 아주머니, 배 속의 태아는 건강한지요?"

그때 아빠가 주방으로 들어왔다. 아빠 역시 웃음이 폭발할 것 같아서 들어온 줄 알았다. 하지만 알고 보니 아빠는 너무 당황하고 있었다. 아빠가 말했다.

"장, 어째서 하필 에르베인 거니? 저 애는 우리랑 달라도 너무 달라. 상냥하고, 봉사 정신이 투철하고, 너무 진지해. 게다가 너무 고상한 척하잖아. 대체 어떻게 에르베랑 친해진 거야?"

난 어깨를 으쓱했다. 그때 아빠가 내가 들고 있던 편지 봉투를 보았다. 그러곤 꿀벌의 이름이 적혀 있는 걸 보고 이렇게 말했다.

"안 돼! 무슨 일이 있어도 번쩍거리는 그 빨간 마세라티의 딸은 안 된다고!"

장,

난 도시에 살고 있어. 네가 몰라서 그렇지, 앙젤뤼레 조시는 네가 생각하는 것처럼 두메산골이 아니야. 네게 마음씨 좋고 다정한 할아버지 할머니가 있다니 좋겠구나. 내겐 할머니 할아버지가 넷이나 되는데······. 그런데 네가 말한 로빈 후드 이야기는 좀 유치한 것 같아. 그리고 앞으로 태어날 동생에 대해 그렇게 말하다니, 넌 착한 애가 아니구나. 난 아주 잘 지내고 있어. 며칠 후엔 나의 열한 살 생일을 축하하기 위해 우리 집 정원에서 파티를 열 거야. 네게 초대장을 보내고 싶지만, 네가 온다고 해도 아마 엄청 지루할 거야. 아는 사람이 없어서 말이야. 그렇다고 네게 신경 쓰느라 내 시간을 모두 쓸 순 없잖니. 왜냐하면 난 그날 파티의 여왕이니까 말이야. 드디어 나의 래브라도가 왔어. 내가 이름을 뭐라고 지었을지 한번 맞혀 봐!

안녕.

꿀벌

에르베? 폴뤽스? 탕크레드? 그 강아지 이름은 뭘까? 만일 내가 정확하게 알아맞히면, 꿀벌이 깜짝 놀라서 입을 벌리겠지?

수염 할매와 무릎 할배

조에 누나와 나는 둘이 뭉쳐서 아빠 엄마에게 대항하기로 결정했다. 우린 우리가 사랑하는 사람들에 대해 아빠와 엄마가 관대한 태도를 보여 주지 않은 것에 너무나 큰 충격을 받았다. 그래서 아빠와 엄마가 마음을 바꿀 때까지 부루퉁한 얼굴을 하고 있기로 했다. 그러나 나 혼자 아빠 엄마와 있을 때는 그 약속을 지키기가 쉽지 않았다. 하지만 누나와 둘이 있을 때는 우리끼리만 이야기를 주고받으면서 아빠 엄마의 존재에 무관심한 척할 수 있다.

아빠는 내 나이가 어리다는 걸 이유로 들면서 나의 사랑을 비웃었다. 그리고 꿀벌이 앙젤뤼레조시에 살고 있다고 말하자마자 확신에 차서 말했다.

"그렇게 멀리 살아? 네가 그 애를 다시 만나러 가기 전에 다른 여자애와 사랑에 빠질 시간이 충분하구나."

그래서 난 누나와 함께 전쟁에 돌입하는 것에 동의했다. 누나는 에르베 형이 서비스를 잘한다는 점을 끊임없이 놀려 대는 아빠 엄마에게 대항하여 형을 두둔해야 했다.

“소금 좀 집어 줘요.” 엄마가 아빠에게 말했다.

“그런 건 에르베에게 부탁해야지! 그건 에르베가 전문이잖아.” 아빠가 그렇게 대답하곤 웃음을 터뜨렸다.

아빠 엄마는 상자를 갖다 놓으려고 지하실로 내려갈 때나, 아기 침대를 갖고 오려고 지하실에 갈 때도 이렇게 말하면서 웃었다.

“여보, 당장 에르베를 불러요!”

조에 누나는 화가 났다. 하지만 사랑에 빠져 있기 때문에, 그것으로 모든 게 보상이 되는 것 같았다. 누나는 계속해서 점점 살이 빠졌다. 덕분에 엄마는 한동안 만들지 않던 케이크를 다시 만들기 시작했다. 물론 버터도 설탕도 안 들어가는 케이크였지만, 아빠는 엄마가 예전의 엄마로 되돌아온 걸 축하했다.

꿀벌을 향한 내 사랑도 점점 더 커져 갔다. 내 사랑을 자라게 만드는 것이 그 애의 다정함인지 상냥함인지 잘 모르겠다. 하지만 한 가지 분명한 건, 언젠가는 꼭 그 애와 결혼할 거라는 거다.

윙윙 꿀벌,

난 네 편지를 받는 게 너무 좋아. 넌 정말 편지를 잘

쓰더라. 게다가 글씨도 어쩜 그렇게 예쁘니! 나중에 우리가 결혼하게 되면 (농담이야. 하지만 네가 동의한다면 내게 말해 줘. 그럼 나도 말해 줄게.) 우리 둘이 수염 할매와 무릎 할배 집으로 바캉스를 떠날 수 있을 거야. 두 분은 넓은 마당이 있는 크고 멋진 집을 갖고 있어. 그곳에서 오리들과 개들이 마음껏 뛰논단다. 수염 할매는 턱에 수염이 있어서 그렇게 부르고, 무릎 할배는 무릎 밑에 다리 하나가 없어서 그렇게 부르는 거야. 하지만 할배는 계속 나랑 같이 축구를 할 거야. 네가 그곳에 온다면 정말 좋을 텐데! 난 네 생일 파티 때 그곳에 가도 되냐고 아빠와 엄마에게 물어볼 생각이야. 하지만 넌 날짜를 알려 주지 않았더구나. 빨리 알려 줄래? 왜냐하면 바캉스가 시작되면 네 편지를 받을 수 없거든. 네가 수염 할매와 무릎 할배 집으로 편지를 하면 또 모르지만. 편지 끝에 우리 할매와 할배의 집 주소를 써 놓을게. 내일은 4학년이 끝나는 종업식이 있는 날이야. 그래서 친구들과 공원에서 파티를 하기로 했어.

곧 다시 만날 수 있기를, 윙윙 꿀벌.

장.

편지를 다 쓰고 거실로 돌아왔을 때, 전쟁이 터져 버렸다는 걸 알았다. 누나는 눈물범벅이 되어 두 손으로 얼굴을 감싸고 있었고, 엄마는 우알라의 엄마인 데망스 아줌마와 전화를 하고 있었다. 데망스 아줌마는 우알라가 학교도 다니지 않는 에르베라는 망할 놈을 먹여 살리기 위해, 조에처럼 사무실과 주방에서 먹을 것과 일용품 몇 가지를 훔쳤다는 이야기를 엄마에게 하고 있었다. 그리고 그 망할 놈이 썩은 케밥을 먹여서 열 명의 아이들에게 식중독을 일으켰다는 것도 빠뜨리지 않았다. 아빠는 통화는 안 했지만, 엄마가 수화기를 귀에 댄 채 아줌마가 말한 걸 충분히 요약해서 반복하고 있었기 때문에 대화 내용을 다 알아 버리고 말았다.

"세상에……." 엄마가 말했다. "우리 딸들이 도둑질을 하다니, 대체 이게 무슨 일이래요. 그래요, 조에가 에르베를 아주 좋아해요. 하지만 그냥 넘어갈 순 없지요. 그럼요, 엄벌을 내려야죠. 만일 교장 선생님이 알고 있다면, 아이들 모두 아주 톡톡히 혼나야할 거예요. 그럼요, 아이들을 위해서는 그게 잘된 거죠……."

엄마가 전화를 끊자, 조에 누나가 급히 엄마에게로 다가갔다.

"엄마, 죄송해요!" 누나는 마치 네 살짜리 아이처럼 울며 말했다. "엄마, 그건 절대로 도둑질이 아니에요. 난 그냥 에르베를 돕고 싶었을 뿐이에요! 그 애는 배가 고팠다고요. 그리고 춥고요! 그에겐 먹을 거라곤 빵 한 조각도 없었단 말이에요!"

엄마는 평소처럼 누나를 안고 위로해 주지 않았다. 그리고 아빠에게 상황을 설명했다.

"애들이 모두 에르베에게 '식료품 은행'을 만들어 주려고 훔친 거래요. 우알라는 우표를 훔치고, 브리외는 자기 집 슈퍼마켓에서 훔치고, 우리 딸은 우리 집 주방에서 훔치고……."

"나도요." 내가 용감하게 말했다. 누나가 울고 있는 걸 보니 마음이 몹시 아팠다.

"아빠 엄마도 우리한테 먹을 게 없는 사람들과 나눠 가져야 한다고 가르쳐 주셨잖아요! 우린 에르베 형이 굶어 죽게 놔둘 수 없었단 말이에요!"

"그 애의 부모가 먹여 살려야지, 왜 너희가 나서서 야단이냐! 바보 같은 녀석들! 그놈은 너희의 도움 같은 건 안중에도 없어. 너희들이 갖다준 걸 다른 사람들에게 되팔았단 말이야!"

"아녜요!" 누나가 울부짖었다. "에르베는 그걸 자기보다 더 가난한 사람들에게 나눠 준 것뿐이에요."

"그게 그거야!" 엄마가 소리쳤다.

"아냐, 그건 달라." 아빠가 지적했다. "에르베가 음식을 되팔았다면 오히려 불쌍했을 거야. 적어도 에르베는 부정직하진 않았……."

엄마가 아빠에게 따지듯이 물었다.

"어쨌든 당신은 조에가 다신 그 애를 못 만나게 할 거죠?"

조에 누나가 흐느끼면서 말했다.

"에르베는 아무것도 없는 사람들에게 줬어요. 나중에 우린 노숙자들 구조 센터를 운영할 거예요. 난 그들을 위해서 케이크랑 수프를 만들 거예요. 그리고 밤엔 덮을 것과 따뜻한 포도주를 갖다줄 거예요."

"포도주는 누구한테서 훔칠 건데?" 아빠가 물었다. "코르크 마개 만드는 이모부한테서?"

"내일 너희는 종업식 파티에 못 갈 줄 알아. 공원에 가는 것도 취소야. 아무것도 안 돼. 너희 둘 다 종업식이 끝나는 대로 곧장 집으로 와, 알겠니?" 엄마가 선언했다.

누나는 자기 방으로 가 버렸다. 나도 누나 뒤를 따라갔다. 아빠와 엄마가 정말 싫었다. 금요일에는 우리가 그렇게도 싫어하는 아빠 엄마와 함께 바캉스를 떠나야 한다.

"끔찍해." 누나가 내게 말했다. "한 달도 넘게 에르베를 못 보다니!"

"그 대신 무릎 할배랑 수염 할매를 보잖아."

"흥, 엄청 신나기도 하겠다."

"공원에서 하는 종업식 파티는 어떻게 하지?"

"어쨌든 거긴 꼭 가야지. 에르베가 거기 올 텐데. 바캉스를 떠나기 전에 그 애를 마지막으로 볼 수 있는 기회잖아. 아니면 다른 방법이 없어."

"누나는 그 형이 그렇게도 좋아?"

"응, 내겐 에르베가 앙젤뤼레조시야."

난 누나가 무슨 뜻으로 말한 건지 잘 모른다. 하지만 난 그 표현이 아주 멋있다고 생각했다. 사랑은 결국 앙젤뤼레조시처럼 두메산골 같은 거다. 일단 좋은 두메산골을 발견하면, 그곳이 아주 편안하고 좋게 느껴지는 법이다. 그래서 꿀벌이 그랬듯이 그곳에 대해 나쁘게 말하는 사람이 있으면, 그를 싫어하게 된다. 내가 아빠 엄마를 싫어하는 것처럼.

어째서 딸이 좋다는 거지?

담임 선생님은 우리가 새 학년에 잘 올라가기를 바란다면서 눈물을 흘렸고, 우린 그런 선생님의 얼굴을 향해 갖고 온 사탕과 초콜릿을 던졌다. 선생님은 우리를 꾸짖지 않았다. 아마도 우리가 선생님에 대해 좋은 기억을 갖게 하고 싶었나 보다. 대신에 선생님은 웃으면서 우리를 향해 훨씬 더 세게 사탕과 초콜릿을 던졌다. 선생님은 목젖까지 보이도록 크게 웃는 것에 익숙하지 않다. 그래서 모처럼 크게 웃자, 그 웃음소리는 마치 늙은 말이 격분하여 가쁘고 거친 숨을 내쉬는 것처럼 무섭게 들렸다. 우리는 선생님의 웃음소리가 마치 쉬는 시간을 알리는 종소리라도 되는 것처럼 총알같이 튀어 운동장으로 나갔다.

오늘 아침에 아빠와 엄마는 우리더러 5시 5분까지는 반드시 집으로 돌아와야 한다고 으름장을 놓았다. 하지만 조에 누나는 마지막 순간까지 우리의 주장을 관철했다.

"아빠 엄마는 우리가 밝고 명랑하고 씩씩하고 사회성 있는 아이들이 되길 원하신다면서, 한 학년이 끝나는 마지막 날에 친구들과 지낼 시간도 갖지 못하게 빼앗는 거예요? 아빠 엄마 때문에 우린 새 학년에 올라가면 1년 내내 친구들한테서 왕따를 당할 거예요! 이제 우린 주말에도 만날 친구가 한 명도 없겠네요. 그리고 난 또다시 종일 방에 틀어박혀 케이크만 먹고 있겠죠!"

하지만 결과는 우리가 기대하던 것과 전혀 달랐다. 엄마는 조에 누나에게 입 닥치라고 말하곤 한마디 덧붙였다.

"조에! 말 안 들으면, 엄마도 가만히 있지 않겠어."

엄마가 가만히 있지 않겠다고 할 때는 무조건 저자세를 취하는 편이 낫다. 하지만 조에 누나는 순순히 말을 듣기를 거부했다.

"장은 이제 5학년이 돼요. 내년이면 6학년이라고요. 아빠 엄마는 장이 초등학교에서 보내는 마지막 2년을 왕따에 놀림감으로 마무리하길 바라시는 거예요?" 누나가 화를 냈다.

"좋아, 5시 30분. 거기서 단 1분도 늦어선 안 돼." 아빠가 딱 잘라 말했다.

엄마는 아빠의 말에 놀라서 눈을 동그랗게 떴다. 아빠 엄마는 자녀들 앞에서는 서로의 의견에 절대로 반대하지 말자는 조약을 맺었었기 때문이다. 결국 엄마는 그 조약 때문에 어쩔 수 없이 아무 말 없이 아빠의 뜻에 따라야 했다.

집에 가기 위해 평소보다 빨리 걷는다면, 누나가 바캉스를 떠나기 전 마지막으로 에르베 형과 만나 뽀뽀하며 보낼 수 있는 시간이 25분 정도 남는다. 그리고 난 랑베르를 설득하기 위한 있는 25분을 확보할 수 있다. 랑베르더러 우리 가족과 함께 수염 할매 집에서 며칠 더 머물 수 있도록 부모님께 졸라 보라고 설득할 참이기 때문이다. 랑베르는 8월에 우리 할매 집에서 일주일을 보내기로 이미 약속했었다. 하지만 일주일은 너무 짧다. 다행히도 랑베르는 에르베 형 일을 자기 부모님께 걸리지 않았다. 그 녀석도 식료품 은행에 먹을 것과 이런저런 몇 가지를 갖고 왔었지만, 그의 가족은 아무런 눈치도 채지 못했다. 그도 그럴 것이, 그는 별로 중요하지 않은 시시한 것들만 갖고 왔기 때문이다. 휴지나 행주 같은 것. 그래서 데망스 아줌마는 그런 건 굳이 그의 부모에게 알릴 필요 없다고 생각한 것 같다.

누나는 학교 정문 앞 길에서 에르베 형에게 뽀뽀를 했다. 그러곤 집으로 가면서 또 한 번 뽀뽀를 했다. 누나는 마음이 갈래갈래 찢어지는 것 같다고 말했고, 두 뺨은 눈물로 얼룩졌다. 난 누나와 에르베 형이 거북해하지 않도록 뒤에서 조용히 걸었다. 그러면서 종업식 파티 때문에 들떠서 한창 신이 나 있는 친구들을 바라보았다. 그들은 종업식이 끝나자마자, 초등학교 중학년을 끝낸 것과 여름 방학과 우정을 축하하기 위해 공원으로 몰려갔다. 하지만 나는 바보처럼 벌을 받고 있다. 아빠와 엄마는 7시 전에는 절대로 돌아오지 않을 것이다. 그러니 조금 더 밖에서 어슬렁거릴 수 있다. 하지만 오늘만은 우리가 제시간에 집에 돌아와 있는지 확인하기 위해 아빠와 엄마가 일찍 퇴근하고 불시에 집으로 들어올 수도 있다. 그런 다음 아기 초음파 검사를 받으러 갈 것이다.

조에 누나가 갑자기 무슨 생각이 떠올랐는지, 뒤돌아보며 내게 말했다.

"자노! 랑베르에게 우리 집으로 가자고 해! 나도 에르베를 집으로 데리고 갈게. 아빠, 엄마가 우리더러 어슬렁거리지 말고 일찍 돌아오라고만 했지, 집에 꼭 우리 둘만 있으라는 말은 안 했잖아! 그러니 모두 정원에서 함께 놀자. 음악을 틀어 놓고, 아이스크림을 먹는 거야! 난 병원에 전화해서 아빠와 엄마가 아직 거기 계시는지 확인해 볼게. 그 의사 선생님은 약속 시간을 잘 못 지키시거든!"

그러면서 누나는 에르베 형의 전화를 빼앗다시피 해서 들더니 곧장 엄마 담당 의사의 전화번호를 눌렀다.

"와우! 신난다!" 누나가 전화를 끊고 나서, 엄마의 진료가 2시간쯤 늦게 끝날 거라고 전해 줬다. 임산부 한 명이 방금 분만실에 들어갔기 때문이라고 했다.

아빠와 엄마가 정원에 있던 식탁과 접이식 의자들을 집 쪽으로 죽 밀어 놓아 정원에서 우리가 놀 수 있는 공간이 더 넓어졌다. 그래서인지 정원이 더 근사해 보였다. 랑베르는 우리 집에 가는 것에 찬성했다. 그래서 자기 엄마에게 전화해서 자기가 지금 공원에 있지 않고 우리 집에 있다고 말했다. 그러고는 수염 할매와 무릎 할배 집에서 일주일 더 머물 수 있게 허락해 달라고 졸랐다. 랑베르의 엄마는 그건 간단하게 허락할 일이 아니라고 말했다. 또 다른 바캉스 계획이 있다는 것이다. 그러자 랑베르가 항의를 했다.

"엄마, 제발! 난 이제 엄마랑 바캉스를 보낼 나이는 지났단 말이에요! 내 행복은 장과 함께 있는 거라고요!"

나는 랑베르에게 목소리를 낮추라고 손으로 신호를 보냈다. 랑베르의 엄마는 아들이 엄마에게 대장처럼 구는 걸 좋아하지 않는다. 그런데도 랑베르는 화가 나면 막무가내로 권위를 행사하려 드는 단점이 있다. 그래서 엄마는 만일 랑베르가 올여름에 할배 집에 가서도 그렇게 버릇없는 태도를 보이면, 단단히 꾸지람을 하겠다고 내게 예고했다. 난 그 말은 랑베르에게 하지 않았다. 랑베르가 할배 집에 안 가겠다고 할까 봐 두려웠기 때문이다.

정원 의자에 앉은 조에 누나와 에르베 형은 서로 눈을 바라보고 있었다. 나도 친구들과 놀러 가지 않고 꿀벌과 단둘이 앉아 저토록 오랫동안 꿀벌의 얼굴만 바라볼 수 있을까? 사랑에 빠지는 건 저토록 재미있는 걸까? 음, 사실 그런 건 별로 중요하지 않다. 랑베르가 배드민턴 채를 꺼냈다. 그리고 먼저 공을 날렸다. 아빠와 엄마가 도착했을 때, 우리 네 명은 모두 땀을 흘리고 있었다. 하지만 같은 이유로 땀을 흘린 건 아니다. 랑베르와 나는 세 번째 세트를 막 끝낸 참이어서 그랬고, 조에 누나와 에르베 형은 더운 날씨에 서로 손을 꼭 잡고 있어서였다.

아빠와 엄마가 정원의 문을 열고 들어왔다. 입술에는 미소가 걸려 있고, 손에는 샹뽀미* 샴페인이 들려 있었다. 엄마가 한 손을 위로 쳐들며 외쳤다.

"따따따따따딸이야!"

아빠와 엄마는 몹시 만족스러운 것 같았다. 그래서 난 엄마가 벌써 아기를 낳은 건가 싶어서 엄마의 배를 확인해야만 했다. 조에 누나가 엄마의 품속으로 뛰어들며 외쳤다.

"딸이래! 야호! 여동생이야!"

난 엄마와 누나가 사내아이를 그렇게 싫어하는 줄 몰랐다. 나도 여동생이라니까 기분이 꽤 괜찮았다. 물론 사내아이가 둘이라면 씨름을 할 수 있어서 좋을 것이다. 아마 남동생과 그런 격

---

* 프랑스에서 아이들이 마시는 무알콜 샴페인이다.—옮긴이

렬한 놀이를 자주 하면 나의 섬세한 면도 조금은 튼튼해질 거라는 생각이 든다. 하지만 그 애가 나보다 헤딩슛을 더 잘하면 기분이 좀 별로일 것 같다. 그런 걸 생각하면, 솔직히 말해서 여동생이 훨씬 낫다. 특히 조에 누나를 닮은 여동생이라면! 아빠와 엄마는 오늘 우리가 종업식을 했다는 것엔 전혀 신경도 쓰지 않았다. 아빠가 날 보며 말했다.

"그런데, 자노! 우리가 네 친구를 집에 초대해도 좋다는 허락을 했던가?"

"오, 그냥 놔둬요." 엄마가 말했다. "종업식 파티에도 못 가게 했잖아요! 게다가 우리에겐 조금 있으면 딸이 태어나요! 이렇게 기쁠 수가! 샴페인을 터뜨릴 시간이에요!"

그때까지 정원의 큰 나무 뒤에 숨어 있던 에르베 형이 인사를 하려고 나왔다. 형은 머리를 푹 숙인 채 아빠와 엄마에게 다가갔다.

"네가 여기 있었어?" 아빠가 말했다.

"내가 초대했어요!" 아빠의 말이 끝나기가 무섭게 조에 누나가 외쳤다.

"당연히 그랬겠지. 이 악당이 감히 담을 넘어 들어왔으리라곤 생각하지 않으니까."

"에르베, 잘 들어라." 엄마가 말했다. "솔직히 말해 난 네게 무척 화가 나……. 너 때문에 애들이 거짓말을 하고, 훔치기까지 했어. 너의 그 사기극을 위해서 말이야! 알겠니?"

"네, 정말 죄송해요." 에르베 형이 중얼거리듯 말했다.

"아빠, 엄마! 에르베는 나를 사랑해요!" 조에 누나가 외쳤다.

"아니라고 하지 않았다, 조에." 아빠가 나섰다. "하지만 이건 그거랑 전혀 관계없는 거야. 우린 에르베가 경솔하게 행동했다는 걸 이야기하고 있는 거야."

"저도 알아요……. 아저씨, 아주머니. 제가 어리석었고 정직하지 않았어요. 인정합니다."

"뭐라고?" 엄마가 당황해서 되물었다.

"그럼 사과하렴. 다른 애들의 부모님들에게도. 그러면 그걸로 되는 거야."

"에르베는 벌써 죄송하게 생각하고 있어요! 그렇게 말했잖아요!" 조에 누나가 불평했다.

"좋다." 아빠가 말했다.

"그래, 됐어." 엄마가 말했다. "그리고 랑베르? 넌 이번 8월에 우리랑 같이 가는 게 좋으니?"

"우리 엄마에게 일주일 더 머물러도 되느냐고 물어봤어요. 그런데 엄마가 조금 더 생각을 해 봐야겠다고 하셨어요."

엄마가 나를 바라봤다. 오, 저런……! 나도 엄마의 허락을 받아야 하는데, 그 생각은 미처 못 했다……. 하지만 앞으로 태어날 여동생은 모두의 기분을 좋게 해 주었다. 아빠가 말했다.

"얘들아, 너희는 원하면 여기서 더 놀려무나. 난 식당에 가서 엄마에게 맛있는 저녁을 사 줘야 하니까."

조에 누나는 자신의 귀를 믿을 수 없었다. 저녁 시간 내내 에르베와 함께 보낼 수 있게 되었기 때문이다. 그때 랑베르가 저녁 시간을 여기서 보내도 좋은지 자기 엄마에게 물어봐 줄 수 있느냐고 엄마에게 물었다. 그러자 아빠가 대신 전화를 해 주겠다고 했다. 야호! 모든 게 다 잘되었다. 아빠가 랑베르를 데리고 집 안으로 들어갔다.

"누나! 우리 아빠와 엄마는 너무 멋지고 쿨하지 않아?" 내가 누나에게 말했다.

"학교 종업식 파티에 간 것보다 지금이 백만 배나 더 좋아!" 누나가 대답했다.

하지만 우린 아빠 엄마 앞에선 그 말을 입 밖에 내지 않았다.

적당히 잘 구워진 행복

꿀벌,

무료 할배와 수염 할매 집에 도착했어. 난 할배의 개들인 모타와 미코랑, 또 아주 깊은 사랑에 빠진 누나랑 곧 태어날 아기가 딸이라는 것 때문에 몹시 행복해하는 아빠와 엄마랑 아주 멋진 방학을 보내고 있어. 우린 매일 연못에 놀러 간단다. 때때로 해파리가 나오는데, 사람을 물거나 하진 않아. 내 친구 랑베르도 조금 전에 도착했어. 아마 다음 주엔 네게 편지를 쓰지 못할 것 같아. 그다음 주도 그렇고(2주가 남았어!). 아직 네 답장을 받지 못했어. 다시 한 번 이곳 주소를 적어 보낼게. 네가 즐거운 방학을 보내면 좋겠어. 그리고 네 오빠도.

내게 전화하고 싶으면 말해 줘. 이곳 전화번호를 알려 줄게. 편지를 주고받는 게 좋은지 아니면 전화를 하는 게 좋은지도 편지로 알려 줘. 그것만 말해 주면 돼.

안녕! 바이 바이! 차오!

장.

랑베르가 선물을 갖고 왔다. 수염 할매에게는 마크라메 레이스로 만든 식탁보, 무릎 할배에겐 나이프. 그런데 랑베르는 포장을 바꾸는 실수를 해 버렸다. 선물 포장지에 이렇게 쓴 거다. 수염 할아버지께, 무릎 할머니께. 그래서 우린 모두 웃었다. 엄마는 기분이 아주 좋았다. 그리고 매일매일 파라솔 밑에서 소설을 읽으며 보냈다. 아빠는 나무를 다듬었다. 수염 할매는 어찌나 깊고 큰 사랑의 눈으로 우리를 바라보는지, 난 할매 눈 속에 우리 모두가 풍덩 빠져 버릴까 봐 겁이 날 정도였다. 너무나 다정하고 부드럽고 따뜻한 할매의 눈동자는 에르베 형을 바라보고 있는 조에 누나의 눈동자와 닮았다. 에르베 형은 지금 자기 아빠의 공장에서 일을 배우고 있다. 형의 부모님은 형이 저지른 잘못에 대한 대가를 톡톡히 치르게 하고 있었다. 그래서 형은 휴가도 없이 쉬지 않고 열심히 일을 하고 있다. 무릎 할배는 우리와 함께 축구를 했다. 랑베르는 우리 할배가 자기 할아버지보다 축구를 훨씬 더 잘한다고 했다. 그의 할아버지는 무릎 할배보다 열다섯 살이나 더 젊고, 두 다리를 다 갖고 있는데도! 우린 밤에 늦게까지 노느라 느지막이 잠자리에 들었다. 그리고 아침에 늦게 일어나면 벌써 아침 식사가 우릴 기다리고 있었다. 요즘 우리 아빠와 엄마는 조에 누나와 에르베 형만큼이나 자주 뽀뽀를 한다. 모두가 함께 보내는 여름, 이것이 행복이다. 더욱이 이번 여름엔 대모 아줌마가 자기 집에서 결혼 1주년 기념 파티를 열 것이라고 알려 왔다. 아줌마의 결혼식에 온 사람들이 이 행복한 결혼을 축하하기 위해 또다시 초대되었다.

"하지만 쥐스틴 아줌마는 결혼식에 대한 기억이 아주 안 좋던데요." 내가 아빠 엄마에게 말했다.

"그게 무슨 말이야?" 조에 누나가 말을 잘랐다. "결혼식은 일생에서 가장 아름다운 날인데!"

"쥐스틴 아줌마가 내게 그러셨어. 결혼식이 끝나자마자 도망치고 싶었다고. 정말이야, 맹세할 수 있어!" 내가 누나에게 말했다.

"아름다운 날이라고? 결혼식이?" 아빠가 나섰다. "그때 우린 식사도 제대로 못 했잖아. 그날 못 먹은 빵을 이번에 제대로 먹여 주려고 그러는 건가."

"쥐스틴은 정말 재미있는 친구야." 엄마가 말했다. "나도 결혼식을 다시 할 수 있으면 아빠하고 단둘이서만 하고 싶어. 아무도 초대하지 않을 거야."

"호오, 우리에겐 참 친절한 말이로구나. 멀리까지 가는 수고를 안 해도 되니 말이다." 무릎 할배가 웃으며 말했다.

"오! 에미야, 나도 그게 무슨 말인지 너무 잘 이해한단다." 할매가 엄마에게 말했다. "나도 다시 결혼한다면 아무도 초대하지 않을 거란다……."

"당연하지, 올 사람이라곤 모두 죽고 없잖아." 무릎 할배가 그렇게 농담을 하면서 주머니에서 편지 한 통을 꺼내 내게 쥐어 주었다.

장에게,

딸이라고? 네 아빠와 엄마에겐 아주 잘된 일이구나. 너 같은 사내애가 한 명 더 있으면 너무 골치 아플 테니 말이야. 넌 웬지 불평이 많고 부모님 속을 많이 썩이는 아들일 게 분명하거든. 나도 아주 즐거운 방학을 보내고 있어. 우리 집은 너무 멋있어서 다른 곳으로 떠나고 싶은 생각이 전혀 안 들어. 썩은 물이 고여 있을 연못 같은 곳은 더더욱 갈 필요가 없지. 나의 래브라도는 아주 착할 뿐 아니라, 나만 좋아해. 난 폴 에밀 삼촌의 결혼 기념 파티에 갈 거야. 너도 가니?

너도 거기 온다면, 나랑 춤출 수 있을 거야. 물론 너의 로큰롤 댄스가 많이 늘었을 때의 이야기지만! 왜냐하면 그날 네 춤 솜씨는 정말 형편없었거든(그리고 이제 난 어린애들이나 하는 놀이 따위는 안 할 거니까 그렇게 알고 있어. 고양이 잡기 놀이도, 빌보케 놀이도, 요요도 절대 사양해).

안녕.

꿀벌.

아, 꿀벌은 정말 유머가 많은 애다. 난 결혼 기념 파티에 갈 때까지 춤 솜씨가 늘 수 있을지 좀 걱정이다. 아무래도 아빠에게 춤을 가르쳐 달라고 졸라야 할 것 같다. 하지만 그런 나를 랑베르가 놀리진 않을까……? 그 녀석에게 내가 어떤 여자애를 좋아한다는 말을 해도 괜찮을까? 누나는 말하는 게 좋을 거라고 조언해 줬다. 랑베르는 나의 가장 친한 친구니까 꼭 알아야 한다는 것이다. 그래서 난 누나 말대로, 내게 여자 친구가 생겼다고 랑베르에게 말했다. 그러자 랑베르가 이렇게 말했다.

"와우! 나도 그래. 내 여자 친구의 이름은 레앙드라야. 네 친구 이름은?"

"꿀벌."

랑베르는 당연히 그 이름을 듣자마자 웃음을 터뜨렸다. 난 그에게 내 문제를 솔직하게 털어놓았다. 춤 실력이 형편없어서 걱정이라고. 그랬더니 랑베르는 반색을 하면서, 자기도 아빠에게 댄스 수업을 받겠다며 좋아했다. 그러면서 이렇게 말했다.

"레앙드라는 춤을 출 수 없어. 휠체어를 타고 있거든. 하지만 난 그 애 앞에서 춤을 출 거야. 그래서 레앙드라가 자기도 언젠가는 일어나서 춤출 수 있을 거라는 꿈을 갖게 해 주고 싶어."

난 그 순간엔 랑베르의 말이 무슨 뜻인지 이해하지 못했다. 그리고 아빠의 춤 솜씨가 형편없다고 말한 누나의 경고에도 불구하고 아빠에게 달려가서 춤을 가르쳐 달라고 했다. 물론 무릎 할배에게 부탁해도 되지만, 할배는 흑인들의 재즈 댄스를 가르쳐 주려고 할 거라서 별로 도움이 안 될 것이다. 아빠는 우리에게 춤을 보여 줄 수 있어서 몹시 행복한 것 같았다. 아빠는 먼저 베란다에 있는 의자들을 밀어서 밖으로 내놓았다. 그리고 음악을 틀더니, 엄마의 손을 잡고 엄마를 이리저리 돌게 했다. 임신한 후로 엄마는 확실히 많이 웃는다. 랑베르가 언젠가는 자기도 레앙드라를 돌게 할 수 있을 거라고 말했다. 하기야 좋은 바퀴가 달린 휠체어라면 뭐든 가능하다. 아빠는 우리에게 스텝 밟는 걸 가르쳐 주었다. 나는 랑베르와 함께 추고 누나와도 추었다. 그

다음엔 누나가 랑베르와 추었다. 그런 우리를 보고 있던 무릎 할배가 달려가서 폴라로이드 카메라를 찾아 왔지만, 필름이 없었다. 할배는 할매의 허리를 끌어당기면서, 추워서 꼼짝할 수 없는 겨울이 오기 전에 이 모든 장면을 눈에 잘 간직해 두자고 말했다. 그러자 할매가 무릎 할배의 팔에 머리를 기댄 채 슬리퍼 신은 발로 리듬을 맞추었다. 수염 할매는 더위를 전혀 타지 않는다. 오늘 기온은 35도라는데, 베란다 안은 무려 42도다. 그런데 할매는 조끼를 입고, 덧댄 슬리퍼를 신고 있었다.

만일 훗날에 내가 올여름에 대한 추억을 떠올릴 수 있다면, 그건 바로 이 장면이다. 베란다에서 바삭바삭 맛있게 구워지고 있는 완전한 행복. 그리고 입안에서 느껴지는 설탕 반 숟가락과 꿀 반 숟가락을 넣은 달달한 차의 맛과 향기. 틀림없이 진하고 향긋한 추억이 될 것이다.

"그 애는 어디 살아? 꿀벌 말이야." 랑베르가 물었다.

"앙젤뤼레조시. 난 머릿속에서 꿀벌을 떠올릴 때는 항상 앙젤뤼레조시라는 별명으로 불러."

"예쁜 이름이구나. 레앙드라는 베르크에 살아. 그래서 난 머릿속에선 베르크라는 동네를 레앙드라라고 불러."

사랑의 말들

조에 누나가 아빠와 엄마에게 자기를 위해 제발 양보해 달라고 졸랐다. 덕분에 우린 바캉스에서 하루 일찍 돌아가기로 했다. 에르베 형의 아빠가 형에게 채소 재배하는 삼촌 집에서 지내도록 벌을 내렸기 때문에, 형이 떠나기 전에 꼭 만나 봐야 한다고 조에 누나가 고집을 부린 것이다. 아빠와 엄마도 에르베 형을 차츰 불쌍하다고 여기기 시작했다. 형이 저지른 잘못에 비해 너무 크고 많은 벌을 받고 있다고 생각했기 때문이다.

"그 애가 큰 잘못을 저지르고 부정직한 일을 하려고 한 것도 맞아. 하지만 잘못을 깨닫고 사과를 했으면 용서할 줄도 알아야지." 엄마가 선언하듯이 말했다.

조에 누나는 엄마가 에르베 형을 두둔해 주는 게 너무 기뻐서, 엄마에게 점점 더 속마음을 털어놓고 있었다. 누나는 여름 방학 동안에 물병 서너 개 정도 무게의 살이 더 빠졌다. 누나의 살이 빠지면 빠질수록 엄마의 배는 더욱 더 불러왔다. 이제는 서로에게 단짝 친구이자 공모자가 된 엄마와 누나는 심지어 함께 옷을 사러 시장에 가기도 했다. 두 여자는 새로 사온 옷들을 남자인 아빠와 내가 비평하자, 자신들의 선택을 곧 후회했다. 다행히도 수염 할매가 있어서 감탄의 말들을 해 주었다.

"오, 우리 예쁜 공주님들. 어쩌면 둘 다 이렇게 예쁜지! 정말 잘 어울리는구나."

할머니의 그런 찬사가 아빠와 나의 조롱을 다 보상하고도 남았다. 특히 아빠의 조롱을. 아빠는 이렇게 말했다.

"세상에! 뒤로 늘어뜨린 보석이 완전히 싸구려 같잖아."

그래서 엄마와 조에 누나는 결혼 기념 파티에 새 옷을 입고 가기를 망설였다. 아마도 두 여자는 다른 옷을 찾아야 할 것이다. 그때 아빠가 말했다.

"폴 에밀이 그 번쩍거리는 빨간 마세라티를 초대하지 않게 할 아이디어 좀 찾아 봐요……."

"오! 크리스티앙…… 그런 건 이제 신경 쓰지 말아요." 엄마가 말했다. "그 이야기는 벌써 오래전 일이잖아요. 다 끝난 일이라고요. 당신은 마음을 좀 넓게 가져야 해요."

보고 싶은 꿀벌,

다음번 편지는 우리 할배, 할매 집으로 보내지 마.

난 이제 집으로 돌아갈 거거든. 네가 할배 집으로 편지를 보내면, 난 그 편지를 못 받을 거야. 할배와 할매가 그 편지를 내게 보내 준다면 모르지만, 내 생각엔 아마 다음번 방학 때 내려갈 때까지 간직하고 계실 것 같아. 그러면 우리 대화가 도중에 끊어질 위험이 있고, 그렇게 되면 우린 서로를 이해할 수 없게 될 거야.

장.

장,

네가 원하는 곳으로 편지를 보낼게. 그런데 네 할아버지와 할머니는 조금 모자라는 사람들 같아.

꿀벌.

추신: 네 나이 쯤 되면 '할배', '할매'라는 말을 쓰지 않는 거야.

꿀벌,

오! 아냐! 그건 오해야. 우리 할아버지와 할머니는 전사들이야. 그리고 우리 엄마 말대로, 그분들은 약점조차도 큰 장점인 사람들이야. 반면에 나의 외할머니인 레몽드 할매는 정말 마귀할멈 같아(이것 역시 우리 엄마가 한 말이야)! 그런데 레몽드 할매에게 애인이 생겼어. 이번 일요일에 할머니가 애인을 우리에게 소개해 주겠다고 하셨어. 그래서 아빠는 그날 최악의 일이 일어날까 봐 걱정하고 계셔. 왜냐하면 지난번 애인은 몸집이 너무 작았거든(좁쌀만 하다고 그랬어.) 그래서인지 레몽드 할매는 그 좁쌀을 단번에 튕겨 버리셨대. 새로 사귄 애인 이름은 브뤼노야. 예전에 경찰이었다나 봐. 레몽드 할매는 그 할아버지가 아주 너그러운 사람이라고 하셨어. 왜냐하면 그 사람이 할머니에게 핸드백을 선물했거든. 옛날 애인은 할머니에게 시간도 안 내줬는데 말이야. '시간도 안 내준다'는 건 할머니만 쓰는 표현법인데, 구두쇠라는 뜻이야. 아빠는 할머니가 핸드백을 보여 주시며 자랑하는 이야기를 듣더니, "선물을 하는 건 자기를 과시하기 위해서 하는 거예요"라고 말했어. 아빠 말에 따르면, 환심을 사기 위해 지나치게 많은 선물을 하면, 그 여자에게 항상 불평하는 버릇이 생긴대. 그랬더니 엄마가 레몽드 할매는 항상 우리에게만 불평한다고 하셨어. 할머니는 브뤼노와 함께 있으면 조에 누나의 물주머니를 바라볼 때랑은 기분이 확 달라지시나 봐. 그리고 조에 누나에게서 물주머니들이 사라졌는데도, 할머니 눈엔 여전히 물주머니만 보이시나 봐.

네가 새 학년을 잘 맞이하길 바랄게. 난 이제 5학년이야. 내년엔 6학년이 되는 거지. 그리고 다시 1년만 더 있으면 중학생이 되는 거고. 이제 곧 결혼 기념 파티가 있겠지? 그날이 빨리 왔으면 좋겠어!

장.

추신 : 넌 결혼식 날에 입은 그 원피스를 또 입고 올 거니? 소매가 아주 좁은 그 원피스 말이야. 참, 난 외할머니를 '레몽드 할매'라고 불러. 그게 할머니의 이름이니까.

장에게,

내년에 초등학교 6학년이 된다는 말을 대체 몇 번이나 더 할 생각이니? 난 귀먹어리가 아니란 말이야. 그리고 너의 할아버지와 할머니 말인데, 난 내 생각이 옳라고 생각해. 그들은 확실히 좀 덜떨어진 사람들이야. 솔직히 말해 우편물을 너희 집으로 다시 보내 주는 건 그리 복잡한 일이 아니잖아. 그나마 레몽드 할매가 너희 가족 중에서 가장 정상인 것 같아. 게다가 너도 참 멍청한 애야. 넌 내가 어떻게 그때 입은 원피스를 또 입을 거라고 생각하니? 그동안 내가 얼마나 많이 컸는데! 제발 생각 좀 하면서 살아!

안녕.

꿀벌.

꿀벌,

내 친구 랑베르도 결혼 기념 파티에 같이 갈 거야. 쥐스틴 아줌마가 그 애를 초대해도 좋다고 허락하셨거든. 그래도 걱정 마. 난 친구가 있어도 너랑 춤출 테니까. 물론 그 애 옆에도 있을 거야. 그 녀석은 불쌍하게도 여자 친구인 레앙드라를 데리고 오지 못하니까 말이야. 레앙드라는 휠체어를 타거든. 엄마와 조에 누나는 빨간 원피스를 입는다고 했어. 혹시라도 네가 빨간 원피스를 입고 올까 봐 미리 말해 주는 거야(안 그러면 빨간 원피스를 입은 여자가 세 명이나 되잖아). 조에 누나는 에르베 형이랑 같이 간대. 누나랑 형은 어디든 항상 붙어 다닌 지 벌써 넉 달이나 됐어. 10년쯤 후에는 결혼할 생각이라나 봐. 에르베 형은 잘못한 게 있어(나랑 친구들에게 상한 케밥을 먹게 한 데다, 우리가 그 형을 위해서 훔친 물건들을 다른 사람들에게 아주 싼값에 다시 팔았거든. 거의 공짜로 준 거나 마찬가지래). 하지만 형은 부모님에게 충분히 벌을 받았어. 그리고 그 후로 아주 조심하고 있어. 우리 아빠는 에르베 형이 우리 식구들과 너무 많이 다르다고 생각해. 그 형은 남을 위한 봉사를 아주 잘하고, 친절하기 때문이야. 좋은 점이 아무리 많아도 서로 너무 다르면 어울리기 힘들다고 생각하나 봐. 그런데 다행히도 최근에 에르베 형이 아빠에게 어떤 대답을 했더니, 아빠가 "호오, 에르베도 재치와 유머가 있는걸" 하고 말했어. 그게 우리 식구랑 잘 어울릴 수 있다는 뜻인가 봐. 참, 넌 네 래브라도 강아지의 이름을 아직 알려 주지 않았어. 렉스? 블라디? 블라다? 블라도? 파콤? 콤? 미미? 제피르? 우타? 로제? 롤리타? 넌 심지어 수컷인지 암컷인지도 말해 주지 않았어. 내 동생(아직 태어나지 않은 아기)의 이름은 뤼시나 엘렌 중 하나가 될 거야. 하지만 다른 사람에겐 말해 주지 마, 아직 비밀이거든.

윙윙.

장.

장에게,

휠체어라고? 아, 끔찍해! 휠체어를 타는 사람의 친구의 친구가 된다는 건 생각하기도 싫어! 그래서 네게 편지 쓰는 것도 이제 안 하고 싶어. 휠체어 타는 사람과 친구가 될 수 있는 사람들이라니! 난 그런 사람과 사귀고 싶은 마음이 전혀 없거든. 어떻게 그런 생각을 할 수 있니! 내 친구들은 모두 무릎도 멀쩡하고, 다리도 튼튼하고, 또 재미있는 아이들이야. 우린 네 친구들과는 절대로 절대로 어울리지 않을 거야. 네 친구 랑베르는 정말 못생기고 밥맛없는 아이인 게 분명해. 다리도 없는 애를 여자 친구로 둘 정도라니 안 봐도 알 만해. 난 오빠 친구인 로데리크와 함께 결혼 기념 파티에 갈 거야. 로데리크는 나보다 두 살이 많아. 그런데 나와 똑같은 생각을 하고 있어. 휠체어 탄 사람들과는 절대로 친구가 되지 않겠다는 생각 말이야. 그런 사람들 옆에 있으면 정말 불쾌한 기분일 거야.

내 강아지는 이름이 없어. 그 녀석은 자유야! 그리고 네 엄마와 누나에게 말해 줘. 여주인공에게 쏠릴 눈길을 가로채려고 빨간 옷을 입는 건 아주 잘못된 행동이라고 말이야. 우리 아빠가 그렇게 말했어.

그럼 며칠 후에 만나.

꿀벌.

조에 누나는 내 일에 잘 간섭하지 않는다. 하지만 내가 깜빡하고 책상 위에 펴 놓은 편지를 우연히 보고 이렇게 물었다.

"장, 이 꿀벌이 네가 말하던 바로 그 애니?"

"응……."

"다시는 이 아이랑 편지를 주고받지 않았으면 좋겠어. 얘는 정말 괴물이야, 알았니?"

"하지만 난 이 애가 좋은걸…… 생각해 봐, 꿀벌은 나의 앙젤뤼스 레조시잖아."

"오! 자노! 이건 정말 아니야." 누나가 내 얼굴을 자기한테 끌어당기면서 말했다.

"그래도 그 애는 캐러멜 색깔의 목을 가졌단 말이야!"

“그러면 뭘 해! 생각하는 게 완전히 괴물 같은데! 세상에, 이렇게 교만할 수 있다니! 아무리 캐러멜 색깔의 목이라도 철근처럼 빳빳한 목은 안 되는 거야. 넌 지금 완전히 잘못 생각하고 있어.” 조에 누나가 강조했다.

그래서 난 수염 할매가 내 보물들을 넣어 두라고 준 빨간색 양철 상자와 그 안에 들어 있는 편지들을 모두 꺼냈다. 그리고 날짜 순서대로 정리되어 있는 편지들을 누나에게 내밀었다.

“세상에! 끔찍해라!” 누나는 편지들을 살펴보면서 중얼거렸다. “꿀벌이라는 애는 정말 못된 애로구나! 세상에! 네가 얼마나 사랑스러운 애인데, 그런 네게 이렇게 짜증을 내고 있다니!”

“아냐. 그 애는 유머가 많아서 그런 거야.” 내가 말했다.

“아냐, 장. 얘는 지금 너를 비웃고 있는 거야. 유머와 조롱은 서로 다른 거라고! 그리고 얘가 말하고 있는 이 휠체어의 주인공은 누구니?”

“랑베르의 여자 친구인 레앙드라야. 베르크에 산대.”

“베르크 병원?”

조에 누나는 베르크 병원에 대해 말해 주었다. 그곳은 다리를 가누지 못하거나, 팔다리를 모두 가누지 못하는 사람들을 위한 재활 센터라고 했다. 한쪽 병동에는 다리가 마비된 사람들이 있고, 다른 병동에는 온몸이 마비된 사람들이 있다는 것이다. 누나가 확신에 찬 목소리로 말했다.

"내 말 들어, 자노. 꿀벌은 무서운 아이야. 고통받고 있는 사람들에 대해 이렇게 말하는 건 비열한 짓이란 말이야. 게다가 얘는 모든 사람을 비난하고 우습게 여기잖아. 수염 할매랑 무릎 할배, 엄마, 나, 네가 사랑하는 모든 사람들을."

"그건 알아. 하지만 내가 꿀벌을 나의 앙젤뤼레조시로 생각해 온 게 벌써 1년이 다 되어 가잖아. 지금 와서 편지 쓰길 그만두라는 건 너무 심해. 게다가 토요일에 만날 건데."

"그렇지 않아." 조에가 대답했다. "그 애와 사귀는 걸 멈춰야 할 때가 바로 지금이야. 난 네가 다른 여자애를 사랑하게 될 거라고 장담할 수 있어. 이번엔 틀림없이 훨씬 더 착하고 마음이 넓은 아이를 만나게 될 거야. 결혼 기념 파티에서 그런 애를 만나게 되는 건 아니겠지만, 언젠간 꼭 그럴 거야."

"그럼 인생에는 여러 개의 앙젤뤼레조시가 있을 수 있는 거야?"

"물론이지. 내 경우는 빼고. 에르베와 난 영원히 사랑할 거니까!"

레몽드 할매의 사랑

아빠와 엄마는 무서운 할머니에게 우리만 맡겨 두고 가는 걸 몹시 미안해하면서 사과까지 했다. 하지만 조에 누나가 지적했듯이, 어쨌든 두 분은 이제 떠나고 없다. 중요한 건 현실을 받아들이는 거다. 아빠가 친구들과 주말을 보내러 간다는 사실에 엄마가 너무 당황하고 혼란스러워하자, 아빠는 결국 친구들보다 엄마를 택하기로 했다. 아빠가 친구들끼리 일상의 탈출을 계획했다고 말하는 순간, 엄마가 기절할 뻔했기 때문이다. 아빠는 사실 친구들끼리 주말을 보내는 것에 대한 보상으로 그다음 주는 엄마와 베니스에서 주말을 보낼 준비를 몇 달 전부터 해 왔다고 했다. 엄마는 깜짝 선물이 너무나 강력했는지, 얼굴이 붉어지나 싶더니 곧 눈물을 흘리기 시작했다. 그러고는 '당신은 가정을 위해 뭔가를 해 볼 생각은 조금도 않고, 자기 자신밖에 모르는 사람이다. 친구들과 주말을 보낼 계획이나 세운다는 게 바로 그 증거라면서 줄기차게 아빠를 비난한 것에 대해 사과했다. 그런데 이상하게도 엄마는 똑같은 이유로 화를 내면서 또 아빠를 비난했다.

“당신은 내 입장은 전혀 생각 안 하는군요. 결국 나만 만족할 줄도 모르고 불평만 해 대는 못된 여자가 되고 말았잖아요.” 그렇게 흥분과 기쁨, 고통, 주장, 사과가 순서대로 나온 뒤에 엄마는 아빠의 품에 뛰어들었다. 그리고 그 후에야 비로소 우리를 걱정하기 시작했다. 하지만 아빠는 이미 모든 걸 예상해 두었다. 그래서 레몽드 할매가 온 것이다. 버스를 타고 온 것 때문에 화가 나서 단단히 삐친 표정에다 금방이라도 쓰러질 것처럼 지친 기색을 하고서.

레몽드 할매는 집에 들어오자마자 아빠와 엄마의 흉을 보았다.

“너희 아빠는 하는 짓이 어쩜 이렇게 멍청한지 모르겠구나. 하필 온 세상 사람이 다 베니스로 모여드는 9월에 거기 갈 생각을 하다니, 얼마나 바보 같은 짓이냐! 너희 엄마는 임신을 한 마당에 좀 편하게 쉴 수 있는 곳으로 가면 좀 좋으냐! 온천이 있는 에비앙도 있고, 비텔도 있고, 부르불도 있는데! 기가 막혀서, 베니스라니! 너희 부모는 정말 아이 낳을 생각을 하고 있는 건지 어쩐지 모르겠구나. 쯧쯧. 사람들이 생각이 없어요, 생각이 없어.”

그런 다음 브뤼노와 함께 집에 있지 못하고 우리 집에 온 것에 대한 불평을 시작했다.

"나도 여자란다. 할머니로 살아가는 건 절대 내 취향이 아니야. 그런데도 지난 주말은 두메를 봐 주느라 다 써 버렸지 뭐니! 아, 글쎄, 이 얼간이 녀석이 자기 엄마가 머리카락을 심게 해 준다는 데도 반대를 했다는 거야! 그냥 대머리로 있는 게 좋다나! 오, 세상에! 내가 장담하는데, 그 녀석은 분명히 자기 엄마만큼이나 멍청이야. 걔 엄마는 또 어떻고! 세상에, 머리카락 이식하는 데 쓰려고 모으던 돈을 이젠 테라스에다 인공 잔디를 만드는 데 쓰기로 했다지 뭐니! 아이고, 내가 못살아, 그럴 돈이 있으면 차라리 아이 돌보미를 부르는 데다 돈을 쓸 일이지, 왜 애꿎은 나를 자꾸 불러다 귀찮게 하는 거냔 말이야. 나도 여성으로서의 내 삶이 필요하다고! 너희들 시간표에 맞춰서 너희들 돌보는 데 신경을 쓰고 싶은 생각이 조금도 없단 말이다. 솔직히 말해 볼까? 딸들 때문에 내가 이렇게 빨리 할머니가 될 줄 진작 알았다면, 절대로 자식을 안 낳았을 거다. 암, 안 낳고말고. 손주 놈들이 나를 시체로 만들고 있는 거야. 아, 이럴 땐 내가 너희를 미워하고 있는 건 아닌가 하는 생각까지 든다니까! 하지만 이리 오렴, 어쨌든 이리 와서 할머니에게 뽀뽀는 해야지."

브뤼노 할아버지도 자신의 레몽드가 할머니라는 게 별로 탐탁지 않음이 분명하다. 우리 아빠와 엄마가 초대할 때마다 우리 집에 오는 걸 계속 미뤄 왔기 때문이다. 레몽드 할매는 우리 집에서 저녁을 먹는 것보다 더 재미있는 일이 있어서 그러는 거라고 대신 설명하며 아빠 엄마에게 사과했었다.

"너희 아빠의 농담을 듣고 네 엄마의 볼썽사나운 얼굴을 보고 있느니, 나도 브뤼노와 단둘이 얼굴을 마주하고 있는 게 훨씬 더 편하고 즐거워. 하지만 너희도 알다시피 난 헌신이 몸에 밴 사람이잖니. 그래서 네 엄마를 구해 주고, 바깥공기도 좀 쐬게 해 주려고 가끔 너희를 돌보러 오겠다고 약속한 거야. 그래서 오늘 내가 온 거다, 임무에 충실하려고 말이야. 나 자신을 돌보는 건 늘 뒷전이지…… 항상 그래 왔듯이……. 오, 그게 나의 운명인 거지……. 내가 너무 다른 사람들에게 관대하게 대하다 보니, 나 자신의 삶은 챙기지 못한 거야……. 만일 브뤼노가 나를 떠난다면, 그건 순전히 내 탓이야. 다른 사람들을 행복하게 해 주는데 신경 쓰느라 내 행복엔 미처 신경을 못 쓴 거니까……."

그러다 갑자기 할머니가 말하기를 멈췄다. 그러곤 입을 쩍 벌리고 놀란 표정으로 조에 누나를 바라보았다.

"아니, 이게 어떻게 된 거냐? 살이 다 어디로 간 거야? 세상에!

조에, 널 못 알아보겠구나. 어쩌면 이렇게 말랐니!"

"네, 할머니 눈엔 늘 장밖에 안 보이던 거예요. 손주가 하나라도 줄어들면 그만큼 덜 힘드니까 좋은 거죠. 아니라고 말씀하지 마세요. 지금껏 할머니가 하신 말씀이 바로 그거였잖아요. 내 말이 틀려요?"

"오, 조에! 넌 모든 걸 너무 삐딱하게 보는구나. 아무래도 네가 사춘기라서 틀림없이 호르몬 때문에 그러는 걸 거다."

난 그런 이야기를 들을 때마다 얼굴이 빨개진다. 그런 나를 보고 레몽드 할매가 웃음을 터뜨렸다.

"장, 왜 그렇게 얼굴이 빨개졌니? 호르몬이라는 단어 때문에? 사춘기라고 해서? 아니면 삐딱하다는 말 때문에 그런 거야?"

조에 누나가 내게 황금율이란 걸 가르쳐 주었다. 사람은 누구나 다른 사람에게서 받은 대로 되돌려 준다는 것이다. 처음엔 그 말을 믿지 않았다. 하지만 누나가 어찌나 그 말을 굳게 믿고 있던지, 나도 한번 믿어 보기로 했다. 누나 말에 따르면, 아무리 심술궂은 사람도 상냥하고 예의 바른 성품을 지닌 사람들과 함께 지내다 보면 반드시 달라진다는 거다. 예를 들어서, 이웃을 봐도 아예 인사를 안 하거나 찌푸린 얼굴로 마지못해 하는 사람이 있다고 했을 때, 내가 그 사람을 볼 때마다 지치지 않고 미소 띤 얼굴로 계속 인사를 하면, 시간이 흐르면서 그 사람도 내게 미소로 답례를 하게 된다는 것이다. 반대로 만일 내가 그를 볼 때마다 그 사람과 마찬가지로 인사도 안하고 퉁명스럽게 굴면, 결국 두 사람 모두 퉁명스러운 심술쟁이가 된다고 한다. 레몽드 할매가 호르몬이란 말을 꺼냈을 때, 조에 누나가 네가 받고 싶은 걸 남에게 줘야 한다고 속삭였다. 그래서 나는 바보 같지만 할머니에게 억지로 미소를 지어 보였다. 그러자 신기하게 레몽드 할매도 내게 미소를 지었다. 난 그런 원리가 초콜릿에도 적용될 수 있을지 궁금해졌다. 하지만 그건 안 통하는 것 같다. 내가 아무리 할머니에게 미소를 보여도 소용없었기 때문이다. 할머니는 할머니가 갖고 온 초콜릿 상자에서 단 한 조각의 초콜릿도 꺼내 주지 않았다.

"에효…… 내가 너희를 돌보고 있는 동안 나의 브뤼노가 무슨 짓을 하고 있을지 누가 알겠냐." 할머니가 한숨을 쉬었다.

레몽드 할매는 언제나 이상한 표현법을 사용했다. 할머니는 장 보러 간다거나 시장에 간다고 말하지 않고, 꼭 "거기 간다"라고 한다. 또 "내가 할게"라고 하지 않고, "내가 수고할게"라고 하는가 하면 "도와준다"라고 하지 않고, 꼭 "구해 준다"라고 한다. 그뿐 아니다. 전화를 받으면 "여보세요"라고 하지 않고, 전화한 사람이 자기를 방해했다는 느낌이 들도록 냉정하고 딱딱한 목소리로 "네"라고 말한다. 할머니는 휴대폰을 갖게 된 후로는, 먼저 누구의 이름이 뜨는지를 살핀 다음에 차가운 얼음 조각 '네'를 쓸 건지, 딱딱한 돌멩이 '네'를 쓸 건지 자신의 분노 수치를 측정해 보는 것 같다. 누나의 표현을 빌리자면 브뤼노에게 쓰는 '네'는 살살 녹는 초콜릿 잼의 '네'이다.

"자노, 레몽드 할매가 전화하는 소리 좀 들어 봐." 누나가 웃으며 말했다. "난 할머니가 우리에게 부드럽지 않은 이유를 알아. 부드러움은 전부 다 브뤼노에게 줬기 때문에 우리에게 줄 몫이 없어서야."

"그래요, 브뤼노." 할머니가 말했다. "지금 막 도착했어요. 아이들은 정말 정말 사-랑-스-러-워-요. 당신도 와서 보면 얼마나 귀여운지 알게 될 거예요. 그러니 빨리 와요. 아이들을 소개해 줄 게요, 브뤼노. 그래요, 와서 함께 저녁 먹어요. 네, 그럼요. 호호호. 네, 아이들 부모는 여행을 떠났어요. 그러니 걱정할 거 없죠. 호호호. 7시. 좋아요, 7시에 올래요? 그래요, 브뤼노. 호호호. 그래요, 브뤼노. 알았어요, 브뤼노. 호호호. 좋아요, 브뤼노. 약속할게요, 그럼요. 아, 그건 마음대로 하세요. 네, 나무딸기술 준비할게요. 네, 호호호."

"우와." 조에가 말했다. "둘 중에 하나야. 브뤼노가 네 살짜리 아기든지, 아니면 엄청 발육이 늦은 모자라는 사람이든지."

"좀 작게 말해." 내가 말했다. 그때 레몽드 할매가 잇몸까지 다 보이도록 활짝 미소를 지으면서 전화를 끊었다.

"브뤼노가 온다는구나." 할머니가 우리에게 알렸다. "자, 서둘러서 식탁을 차리렴. 난 우선 샤워부터 해야겠다. 조에, 가서 빵 좀 사 와라. 자노, 넌 파란색 식탁보를 깔고. 랄라라라, 그럼 난 저녁으로 뭘 준비하면 좋을까?"

올리브유 파스타. 레몽드 할매는 요리엔 완전 꽝이다. 아빠 말에 다르면, 할머니의 요리 중 가장 끔직한 건, 게살 마요네즈와 당근 가루를 섞어 만든 슈크림 비슷한 거라고 했다. 그러자 엄마는 그건 프로피트롤이라고 한다고 정확한 이름을 말해 줬다. 그런데 오늘은 우리도 그걸 먹어 볼 수 있게 되었다. 레몽드 할매는 속이 비어 있는 냉동 슈크림을 샀다. 하지만 슈크림이 녹을 때까지 기다릴 인내심이 없는 데다, 그걸 예쁘고 동그랗게 만드는 수고를 할 생각도 없었기에, 레몽드 할매는 얼어 있는 슈크림 안에 그냥 바닐라 크림을 채운 다음에 마치 벽돌에 페인트칠 하듯이 초콜릿 크림을 칠하는 걸로 요리를 끝내 버렸다. 조에 누나가 샐러드 소스도 만드는 게 좋겠다고 말했지만,

레몽드 할매는 단박에 거절했다.

"너처럼 그렇게 이것저것 하려다간 모든 걸 다 망칠 위험이 있어. 그리고 너희 집 요리는 이미 형편없기 때문에 굳이 더 형편없게 만들 필요가 없단다. 난 나의 브루가 우리 집안에 대해 좋은 이미지를 갖길 바라거든."

어른이 되어도 모두 똑같은 것 같다. 일흔 살이 되어도 자기 가족이 수치스럽게 여겨지길 원치 않는 것이다. 나는? 자신 있다. 우리 가족과 만날 때쯤이면, 꿀벌도 틀림없이 지금보다 더 좋은 여자가 되어 있을 테니까.

보고 싶은 꿀벌,

난 지금 몰래 편지를 쓰고 있어. 왜냐하면 누나가 네 편지를 보더니 너와 편지를 주고받지 말라고 했거든. 누나는 네가 내게 말을 함부로 한다고 생각해. 하지만 난 그게 사실이 아니라는 걸 잘 알아. 왜냐하면 넌 내게만 그렇게 말하는 게 아니고, 유머가 많은 아이라서 모든 사람들에게 다 그렇게 이야기하니까 말이야. 난 오늘 밤에 우리 외할머니의 남자 친구인 브뤼노 할아버지를 만날 거야. 네 말이 맞아, 우리 할머니는 좀 바보 같아. 우리 아빠와 엄마는 지금 베니스에 계셔. 언젠가는 너와 나도 베니스에 가게 될까? 난 이렇게 말하고 싶어. 언젠가는 우리도 그곳에 갈 수 있을 거라고.

그럼 곧 만나자.

너의 장.

레레, 브루브루, 자자

“날 ‘브루’라고 불러다오.” 브뤼노 할아버지가 들어오면서 그렇게 말했다. 하지만 조에 누나는 레몽드 할매가 노려보는 눈길에도 아랑곳 않고 자기는 절대 그렇게 부르지 않을 테니까, 그냥 브뤼노라고 부를 수 있게 허락해 달라고 할머니에게 말했다. 그러자 브뤼노 할아버지가 얼른 대답했다.

“오, 절대 안 돼! 난 내 이름이 세상에서 제일 싫거든. 조에, 브루라고 부르기 싫으면, 네가 좋아하는 다른 이름으로 불러도 좋아. 어떤 이름도 상관없단다. 하지만 브뤼노라고 부르는 것만은 절대 사양할 테니, 그런 줄 알렴.”

“그럼 어떤 이름으로 부를까요? 조르주? 프랑크? 마르크? 로드리고?”

“네 맘대로! 원하는 대로 불러도 돼. 브뤼노만 빼고.”

나도 그 대화에 끼어들고 싶었다, 그래서 브뤼노 할아버지에게 물었다.

"브뤼노 말고도 할아버지가 싫어하는 또 다른 이름이 있나요?"

"그야 두말할 것도 없이 레몽드지!" 할아버지가 호탕하게 웃으며 말했다. "얘들아, 정말이지 난 레몽드라는 이름보다 더 끔찍한 이름은 들어 본 적이 없단다. 아, 조르제트도 빼고."

레몽드 할매에게 유머가 없다는 걸 너무 잘 알고 있는 나는 할머니 이름을 그렇게 말하는 것에 놀라서 이빨이 덜덜 떨릴 지경이었다. 하지만 정말 놀라운 일은! 레몽드 할매가 너무 재미있어서 못 참겠다는 듯이 마구 웃음을 터뜨렸다는 사실이다.

"얘들아, 너희들 봤지? 브루가 얼마나 재치 있는 사람인지 봤지? 오, 나의 브루! 당신은 정말 귀여운 사람이야. 두메의 머리에 대해 브루가 한 말을 너희도 들었다면! 호호호호, 지금 생각해도 재미있지 뭐예요! 브루, 이 아이들에 대해서 당신이 느낀 점을 이야기해 볼래요?"

잠시 후에 거실로 들어간 레몽드 할매는 엄마의 원피스를 입고 뽐을 내면서 감자칩이 든 그릇을 들고 정원으로 나왔다. 그러고는 병따개와 씨름을 하기 시작했다. 평소에는 자기를 충분히 도와주지 않는다고 늘 아빠를 비판하며 모든 일을 남들에게

시키기만 하던 할머니이건만, 오늘 밤엔 뭐든 다 할머니 손으로 하고 있었다. 심지어 포도주 병 따는 것까지! 게다가 조금도 투덜거리지 않고! 할머니는 브뤼노 할아버지를 위해선 아주 세심한 배려를 아끼지 않았고, 긴 의자를 끌어다 주는 수고까지 했다.

"이런, 귀여운 내 할망구, 당신은 왜 내가 앉기를 바라는 거야?" 그가 할머니에게 말했다. "아직 난 안 죽었어. 한창 뛸 나이란 말이지. 장하고 축구 한 게임 해야 하지 않겠어?"

레몽드 할매가 더 크게 웃었다. 할머니가 입을 열 때마다, 브뤼노 할아버지는 할머니에게 고약한 말로 대꾸했다. 그러나 초절정에 이르는 심한 말을 해도 레몽드 할매는 할아버지에게 마냥 미소만 보낼 뿐이었다. 나는 그런 할머니를 조금도 이해할 수 없었다. 사람들을 비판하면서 시간을 다 보내는 할머니인데, 브루 할아버지가 저토록 심한 이야기를 해도 저렇듯 웃으면서 잘 견뎌 내다니!

"자, 브루! 얼른 뛰어요!" 할머니가 외쳤다. "틀림없이 당신이 이길 거예요!"

"세상에! 자기 손자들에게 저렇게 무심하고 무신경한 할머니는 정말 처음 보는 것 같아." 조에 누나가 말했다.

할머니는 누나의 말에도 아랑곳 않고 신이 나서 외쳤다.

"뭐, 그래도 좋아. 자, 브루브루! 덤벼 봐요! 어서요! 나의 브루, 화이팅!"

"요 건방진 꼬마 아가씨! 어디 내 실력을 한번 볼 테야?" 브뤼노 할아버지가 웃으면서 공을 찼다. 그런데 말이 끝나기가 무섭게 얼마나 공을 세게 찼는지, 공이 퍽 소리를 내면서 레몽드 할매의 눈을 정통으로 맞히고 말았다.

"으악!" 할머니가 긴 의자 위로 벌렁 넘어지면서 소리를 질렀다.

할머니는 하얗게 질린 얼굴로 여전히 웃고 있었고, 브뤼노 할아버지가 무심하게 계속 발로 공을 차면서 괜찮으냐고 묻자, 할머니는 상냥한 말씨로 그를 안심시켰다.

"아무 문제 없어요, 나의 브루! 내 머리는 돌보다 더 단단하거든요!"

하지만 조에 누나는 뭔가 잘못된 거라고, 절대로 괜찮을 리가 없다고 말했다. 레몽드 할매가 고개를 움직이지 않은 채 한 점만 응시하고 있었기 때문이다. 조에 누나가 다가가자, 레몽드 할매가 속삭였다.

"조에, 제발 모르는 척하렴. 아무 말 하지 마. 그런데 눈앞에 하얀 점들이 보이는 것 같아."

"하하하, 그건 황반변성의 증세야!" 브뤼노 할아버지가 너털

웃음을 웃으며 말했다. “속삭이려면 더 작은 소리로 말해야지! 나 들으라고 그런 거지? 다 들렸어!”

이번엔 나도 놀라고 말았다. 브뤼노 할아버지가 레몽드 할매의 시력에 문제가 생긴 건 아닌지 걱정을 할 만도 한데, 아무렇지도 않은 듯 계속 나랑 축구 게임을 하려고 했기 때문이다. 난 곧장 할머니에게로 다가갔다. 그런데 레몽드 할매가 계속 되풀이하는 말은 이런 것이었다.

“오, 끔찍해. 앞이 뿌옇게 보여. 아무래도 장님이 되려나 봐. 나의 브루노를 더는 볼 수 없게 되면 어떻게 해…….”

“무슨 소리야, 당연히 날 볼 수 있지.” 브뤼노 할아버지가 웃으며 말했다. 그러더니 할머니의 눈동자를 확인하기 위해 할머니의 머리를 뒤로 훽 젖혔다. “오, 망막은 건드리지 않았네. 걱정할 것 없어.” 그가 확신에 찬 목소리로 선언하듯 말했다.

“할아버지가 안과 의사예요? 아니면 경찰이에요?” 조에 누나가 물었다.

“그냥 편하게 이름을 부르렴. 할아버지라고 부를 필요 없단다. 그리고 난 경찰이야. 지금도 경찰이나 마찬가지지. 다행히도 너희 할머니처럼 순진해 빠진 여자와 함께 있으니까 말이다. 솔직히 말해 오늘 아주 멋진 밤을 보낼 생각이었는데, 저렇게 눈에 공을 맞고 말았으니 다 글렀지 뭐냐…….”

조에 누나가 전투에 뛰어든 여군처럼 레몽드 할매의 편을 들었다.

"브뤼노, 지금 당장 할머니를 병원에 데리고 가야 해요. 할머니가 지금 얼마나 아파하는지, 보고도 모르겠어요?"

"오! 조에, 그렇게 소리 지르지 마라." 레몽드 할매가 누나에게 말했다. "난 좀 아프긴 해도, 볼 수는 있……."

"잘됐군, 잘됐어, 레레." 브뤼노가 할머니에게 말했다. "당신은 아주 훌륭한 작은 군사야. 자, 일어나서 씩씩하게 행진하자고. 병원에 데려다줄 테니까." 그러고는 누나를 향해 말했다. "그리고 너 말인데. 한 번만 더 나를 브뤼노라고 부르면, 나도 너를 조에라고 부를 테니, 그리 알아라. 알겠니?"

이렇게 해서 우리 집엔 누나와 나, 우리 둘만 남게 되었다. 그러곤 이 상황을 이해해 보려고 애쓰면서, 할머니가 우리에게 되돌려 줄 신경질을 기다리고 있었다. 어쩌면 할머니는 시각 장애인이 될지도 모른다. 브뤼노 할아버지가 우리에게 네 번이나 급한 전화를 했고, 그다음엔 30분마다 소식을 알려 주었다. 응급 처치 진전 과정을 말해 주고, 집에 돌아와서 먹을 저녁 식사에 대한 작전 계획을 알려 주기 위해서였다. 우린 브뤼노 할아버지의 표현에 따라 영양 공급을 위해서 두 사람이 올 때까지 기다려야

했고, 할아버지는 자자 피자를 사 갖고 오겠다고 약속했다.

1시간 후에 레몽드 할매가 한쪽 눈에 안대를 한 채 차분한 표정으로 돌아왔다. 할아버지의 팔에는 네 판의 피자가 들려 있었다. 다행히도 할머니는 심각한 부상이 아니었다.

"네 할머니 나이가 되면, 척추가 잘 돌아가지 않는 법이지." 브뤼노 할아버지가 말했다.

"나의 브루." 그 말에 할머니가 할아버지에게 말했다. "어쨌든 나보다 당신이 더 나이가 많으니까 하나만 알려 줄게요. 당신의 늙은 뼈는 절대로 내 뼈보다 튼튼하지 못해요……. 게다가 내 눈에는 척추뼈가 없다는 걸 기억해요."

"오, 레레! 당신 지금 화난거요? 기분이 언짢은 거야? 삐친 거지?"

"우린 다른 방으로 갈까?" 조에 누나가 내게 물었다. "저 두 사람은 정말 정신 나간 사람들 같아. 우리 방으로 가자."

하지만 난 브뤼노 할아버지와 함께 거실에 있고 싶었다. 할아버지가 장난으로 엄청난 일을 꾸미는 장면을 봐 버렸기 때문이다. 레몽드 할매의 피자에다 매운 고추기름을 사정없이 쏟아부은 것이다. 내가 누나에게 그 이야기를 했더니, 누나는 어이없다는 듯 하늘을 쳐다보며 어깨를 으쓱했다. 하지만 레몽드 할매가 아무것도 모른 채 피자를 한입 베어 물었다가 꺄아악 소리를 지른 그 순간엔, 조에 누나도 나와 브뤼노 할아버지처럼 깔깔거리며 배를 잡고 웃었다. 그랬더니 사랑 때문에 완전히 변해 버린 레몽드 할매까지 따라 웃었다! 고추기름 때문에 입에 불이 나서 입천장을 다 뎄을 텐데도, 할머니는 자기를 웃게 해 줘서 정말 행복하다고 할아버지에게 말했다. 오, 세상에! 한쪽 눈에 안대를 하고, 입천장까지 다 헐었을 텐데! 아무리 봐도 레몽드 할매는 이제까지 내가 알고 있는 그 할머니가 아니다. 할머니의 앙젤뤼레조시는 브루인 것이다. 브루 할아버지는 할머니를 함부로 대하지만, 그래도 할머니는 그를 사랑한다. 난 우리 할머니에게 그토록 상냥하고 다정한 데가 있다는 걸 발견하고 몹시 기뻤다. 만일 마음을 풍요롭게 만들어 줄 수 있는 곳으로 어떤 사람을 데리고 간다면, 말하자면 그가 관대하고 따뜻한 마음을 갖고 있는 사람들과 함께 지낼 수 있게 해 준다면, 그는 틀림없이 달라질 것이다. 레몽드 할매처럼. 레몽드 할매가 베니스에 간 엄마 이야기를 하면서 소녀처럼 부러워하는 모습을 보이자, 브뤼노 할아버지가 말했다.

"나의 레레, 우린 너무 늙었소. 하지만 약속하지. 언젠간 당신을 좋은 온천들이 많은 부르불에 꼭 데리고 갈게!"

안녕 장,

베니스? 고마워. 하지만 내가 가고 싶은 곳은 디즈니랜드야. 게다가 로데리크가 나중에 나를 푸아티에로 데리고 간다고 약속했어. 장, 난 네가 좋은 애라고 생각했어. 하지만 솔직히 말해 넌 좀 멍청한 애야. 나랑 어울리기엔 너무 어린 것 같아. 나도 결혼 기념 파티에 갈 거야. 내가 네게 관심이 조금 있든지, 아예 없든지 그거랑 상관없이 말이야. 사실 난 두 번째 쪽으로 기울고 있긴 해. 난 지금 확신이 설 때를 기다리고 있어. 너랑은 모든 게 끝났다고 말하는 게 좋겠다는 확신 말이야.

나의 생일 파티는 아주 멋지고 재미있었어. 친구들이 모두 자정이 넘어서 떠날 정도였으니까. 몇 명은 아예 우리 집에서 자고 갔어. 이제 그만 쓸게. 난 오늘 무척 피곤한 하루를 보냈거든.

네게 아주 진한 뽀뽀를 보낼게.

꿀벌.

아주 진한 뽀뽀라고? 정말? 와우!

아름다운 영혼

랑베르가 레앙드라를 만난 건, 작년 여름 삼촌 집에서 바캉스를 보내고 있을 때였다고 한다. 그가 바닷가에서 사촌들과 배구를 하고 있을 때, 한 무리의 장애인 친구들이 휠체어를 타고 바닷가에 나타났다. 그때 레앙드라는 가슴에 가방을 메고 있었는데, 토끼 귀가 달린 가방이었다. 레앙드라가 랑베르 옆을 지나갈 때 그 토끼를 떨어뜨렸고, 랑베르는 그 가방을 주워 주었으며, 레앙드라는 고맙다고 말하며 미소를 지었다. 그때 랑베르의 얼굴이 붉어졌다. 그는 자기 자리로 돌아가 다시 배구를 했지만, 계속 흘깃거리며 레앙드라와 그 애의 휠체어를 밀고 있는 간호사를 바라보게 되었다. 간호사는 레앙드라의 휠체어를 배구 게임이 잘 보이는 위치에 놓아 주었고, 레앙드라는 있는 힘을 다해서 랑베르의 팀을 응원했다.

그 후 레앙드라는 매일 같은 시간에 바닷가로 내려왔다. 랑베르는 차츰 배구를 하는 대신에 그 애에게 다가가서 말을 걸기 시작했다. 그리고 방학이 끝나면서 두 사람은 편지를 주고받기 시작했고, 서로 전화도 했다. 그 후 랑베르는 삼촌 집에 갈 때마다 레앙드라를 만났다. 그 애는 2년 전에 자동차 사고를 당했다고 한다. 아마 언젠가는 다시 걸을 수 있겠지만, 그 전에 목발부터 짚어야 할 것이다. 그러나 랑베르는 그런 건 상관하지 않았다. 그는 목발은 다리 같은 거라고 말했다. 그리고 다리는 많이 가질수록 좋다고 했다.

랑베르의 이야기를 듣고 있는 엄마의 눈에 눈물이 맺혔다. 아빠도 엄마처럼 울컥한 것 같았다. 차를 타고 결혼 기념 파티에 가는 길이었다. 조에 누나가 훌쩍였다. 하지만 랑베르는 쾌활한 목소리로 자신 있게 말했다.

"레앙드라 때문에 슬퍼할 필요 없어요. 그 애는 절대 불평하지 않아요. 병원에서도 그 친구는 농담의 여왕에다 장난의 명수인 걸요. 지난번엔 친구들과 함께 간호사 언니들을 골려 주려고 병실 문고리마다 바셀린을 발라 놓았었대요."

우리 각자가 좋아하는 여자 친구들은 너무나 대조적이다. 더욱이 랑베르가 레앙드라의 편지 몇 장을 보여 주었을 때, 난 새침하고 까다로운 꿀벌보다 더 호감이 가는 여자애들도 있다는 걸 인정하지 않을 수 없었다. 쥐스틴 아줌마의 집에 도착했을 때, 우리와 제일 먼저 마주친 자동차는 다름 아닌 크고 번쩍거리는 빨간색 마세라티였다. 아빠는 양보하지 않고 먼저 차를 세웠다.

"내기할까?" 아빠가 엄마에게 말했다. "내가 먼저 주차했다고, 틀림없이 저 친구가 창문을 내리고 나를 노려볼 거야. 자, 몇 센티미터나 내릴지 내기할까?"

"여보, 제발 시작하지 말아요……."

"카트린, 내가 시작하는 게 아니야. 난 제대로 주차했어. 주차자리의 선이 이상한 거라고."

"오! 크리스티앙, 제발……."

우리가 차에서 내렸을 때, 꿀벌도 차에서 내렸다. 하지만 그 애를 먼저 알아본 건 조에 누나였다. 누나가 내게 그 애를 가리켰지만, 난 처음엔 알아보지 못했다. 그리고 잠시 후에야 그 애를 덮고 있는 여드름 뒤의 얼굴을 알아보았다. 그 애는 나보다 적어도 머리 두 개만큼 더 컸고, 영어가 적혀 있는 원피스를 입고서 트럭 운전사처럼 걸었다. 난 결혼식 때 입은 양복 재킷이 아직 몸에 맞아서 그걸 입고 있었다. 옷이 약간 작아서 조금 바보처럼 느껴지긴 했다. 조에 누나는 날더러 꿀벌에게 인사도 하지 말라고 조언했지만, 난 그건 좋지 않은 태도라고 생각했다. 어쨌든 우리는 많은 편지를 주고받지 않았는가! 그렇긴 해도 난 그 애를 랑베르에게 보여 주고 싶지 않았다. 내 여자 친구가 못생겼다고 할까 봐 겁이 났기 때문이다. 쥐스틴 아줌마는 결혼식 때 입던 웨딩드레스를 입고 있었다.

"이런, 저건 너무 구식이잖아!" 아빠가 말했다. "더군다나 결혼식 때보다 10킬로그램은 더 쪘겠는걸……."

"오! 크리스티앙." 엄마가 한숨을 쉬었다. "제발…… 자, 쓸데없는 소리 말고 이리 와서 한잔해요. 난 임신한 게 너무 지겨워, 당신이랑 맥주도 한잔 같이 못 하고 말이에요! 누군가 우리에게 맥주를 권하는 사람이 있어야 할 텐데……."

언제나처럼 아빠와 엄마는 이렇게 툴툴대며 흉을 보았다. 하지만 나의 대모는 나를 보게 되어 기쁜 것 같았다. 내가 수업을 빼먹고 케밥을 먹은 이후로 아줌마는 나를 반항아 그룹에 속하는 애로 봐 주었다. 그리고 바로 그 점 때문에 나를 더 예뻐해 주었다. 아줌마는 순종적이고 모범적인 남자애들을 '영혼 없는 애들'이라고 부르면서, 그런 애들을 좋아하지 않았다.

"자노! 넌 영혼을 갖고 있는 애란다, 아름다운 영혼을 갖고 있지."

난 아줌마에게 결혼식 날이 지루해서 싫었다고 해 놓고 왜 결혼 기념 파티 같은 걸 하느냐고 물었다. 아줌마가 이렇게 대답했다.

"결혼한 지 1년이 지났는데, 지금도 여전히 사람들을 모두 보내고 남편과 단둘이 있고 싶은 생각이 간절한지 어떤지 확인해 보고 싶었거든."

"테스트라고 할 수 있지." 폴 에밀 아저씨가 우리 대화에 끼어들었다.

어른들은 이상하다. 사람들은 나이가 들수록 점점 더 이상한 바보가 되어 가는 것 같다. 어슬렁거리며 왔다 갔다 하는 고양이를 잡으려고 쫓아다니는 어른들도 있고, 술꾼들이 부르는 유행가를 노래하는 어른들도 있었다. 그런 어른들 사이에서 꿀벌이 안 보는 척하며 흘깃흘깃 나를 바라보고 있었다. 그러면서 몸을 좌우로 흔들며 오빠 친구 앞에서 아양을 떨었다.

"어휴, 저 여우같이 생긴 얼굴 좀 봐!" 조에 누나가 말했다.

조에 누나가 누군가를 그렇게 나쁘게 말하는 경우는 극히 드물다. 누나는 다른 사람을 흉보거나 비판하는 걸 몹시 싫어하기 때문이다. 하지만 말을 못되게 하는 꿀벌만은 참을 수 없는 것 같았다. 나는 꿀벌의 캐러멜색 목덜미를 바라보았다. 꿀벌은 계속 자기 오빠와 로데리크 사이를 오갔다. 그러면서 가끔씩 뒤돌아 나를 바라보며 비웃음을 지었다. 나는 마침내 꿀벌에게 다가잤다. 누나의 조언을 무시하는 거지만, 어쩔 수 없었다.

"너희 할배 할매랑 같이 왔니?" 꿀벌이 자기 오빠를 찾느라 다른 데를 바라보며 건성으로 물었다.

"아니, 그분들은 멀리 사셔. 그래도 쥐스틴 아줌마가 초청했다면, 분명히 망설이지 않고 오셨을 거야……. 두 분이 샤르트르까지 걸어가신 적도 있거든."

"또 그 얘기야?" 꿀벌이 대답했다. "다리 하나밖에 없는 남자와 수염 난 여자가 순례를 떠난 이야기."

그 애가 계속 눈으로 자기 오빠를 찾으면서 까르르 웃었다. 그 애의 오빠는 땅콩을 까먹느라 정신이 없었다.

"새 학년이 되니 어때? 친구 많이 사귀었어? 새 친구들은 착하니?"

"칭구? 차카냐고? 차카차카?" 꿀벌이 대답했다. "차카차카 빠빠빠! 어부부부부 메롱메롱! 그런데 너네 아빠는 어디 있어?"

꿀벌이 날 놀리고 있다는 걸 알았다. 하지만 내가 그렇게 말하면, 그 애는 오히려 더 신이 나서 좋아할 것 같았다. 아니면 더 나아가 내가 상처받았다고까지 생각할 것이다. 그렇지 않다는 걸 보이려면 난 당당한 태도로 이 상황을 벗어나야 한다. 조금만 기다리면 된다. 하지만 어떻게 해야 좋을지 아무 생각도 떠오르지 않았다. 모욕을 되갚아 주고 싶은 생각은 없었다. 난 무엇보다도 내 사랑의 이야기가 물거품이 되고 있다는 사실에 너무 실망했다. 누나가 옳았다는 생각이 들었다. 사람은 외모보다 마음이 중요하다고 늘 누나가 말했었는데! 난 꿀벌이 심술궂은 아이라는 확신이 이제야 비로소 들기 시작했다. 그래도 나는 그 애가 한 못된 말들에도 불구하고, 그 애의 내면에 보물이 감춰져 있을 거라는 소망을 버리지 않았다.

"춤출래?" 내가 물었다.

"음악도 없는데?" 그 애가 대답했다.

아닌 게 아니라 아직 음악은 나오지 않고 있었다. 꿀벌이 맞는 말을 했으니 꿀벌에게 1점. 내가 마침내 앙젤뤼레조시에게 다가가려면 난 몇 점이나 따야 하는 걸까? 어쩌면 앙젤뤼레조시는 신기루에 불과한 건지도 모른다. 조에 누나는 그렇다고 확신했다. 하지만 난 아직 나의 앙젤뤼레조시가 존재한다고 고집을 부려 본다.

조에 누나가 다가왔다. 누나는 내게 나무 옆에 앉아 있는 랑베르를 가리키며 말했다.

"랑베르를 저렇게 혼자 두면 어떻게 해. 네가 데려온 애잖아. 네가 옆에 있어 줘야지……."

"쟤는 지금 나무와 이야기하고 있는 것 같은데, 계속 그러고 있으라고 놔둬!" 꿀벌이 반대했다.

"안 돼." 내가 말했다. 그러곤 랑베르를 향해 크게 손짓을 해서 오라고 했다. 조에 누나의 말이 맞기 때문이다. "누나 말이 맞아. 네게 랑베르를 소개해 줄게."

그러자 꿀벌이 피식하고 웃었다.

"휠체어를 타는 애가 여자 친구라니, 정말 안됐다. 저렇게 귀엽게 생긴 애가 왜 하필 휠체어 타는 이상한 애랑 사귀는 거지?"

조에 누나의 얼굴에 분노가 일었고, 바로 그때 랑베르가 다가왔다. 그리고 그 순간 앙젤뤼레조시는 내 마음속에서 안개 속으로 완전히 사라지고 말았다.

"방금 한 말 다시 한 번 해 봐. 내가 잘못 들은 것 같아서 말이야." 내가 꿀벌에게 한 발짝 더 다가서며 말했다.

"얘! 네 여자 친구는 걷지 못해서 휠체어를 타는 애라면서? 넌 어떻게 그런 애랑 친구가 될 수 있니?" 꿀벌이 이번엔 랑베르에게 직접 말을 하고 말았다.

분노에 싸인 랑베르는 나보다 더 피가 거꾸로 솟는 것 같았다. 그는 순식간에 꿀벌의 원피스 옷깃을 잡고 그녀를 들어 올렸다. 꿀벌이 내지르는 소리를 듣고 쥐스틴 아줌마가 급히 달려왔다.

"안 돼, 그러지마 랑베르! 꿀벌은 여자애야! 빨리 내려놔!"

"꿀벌은 여자애가 아니에요!" 랑베르가 울부짖었다. "얘는 괴물이라고요!"

그가 쥐스틴 아줌마에게 소리치는 걸 듣고, 우리 주변으로 사람들이 모여들었다. 랑베르가 어른들에게 자기의 장애인 여자 친구에 대해 꿀벌이 놀리며 나쁜 말을 했다고 이야기하자, 방 안에 침묵이 감돌았다. 그 침묵을 깬 것은 모터 소리가 이상하다면서 그 소리를 아내에게 들려주려고 자동차 시동을 건 꿀벌의 아빠였다. 난 그 순간을 이용해서 모든 사람들 앞에서 용감하게 선언했다.

"난 랑베르의 친구야. 그의 여자 친구인 레앙드라에 대해 나쁘게 말하는 사람은 난 절대로 받아들일 수 없어. 그러니 꿀벌, 이걸로 안녕이야. 난 너란 애를 잘못 알고 있었어."

조에 누나가 나를 향해 박수를 쳤다. 랑베르도 잠잠해졌다. 그러자 어른들은 다시 유쾌한 표정으로 돌아갔고, 파티 장소인 정원은 다시 시끌시끌해졌다. 꿀벌이 자기 오빠에게로 몸을 돌리며 볼멘 목소리로 짜증을 부렸다.

"오빠! 오빤 왜 나를 편들어 주지 않는 거야. 이 바보야!"

그러자 이고르가 심드렁한 목소리로 대답했다.

"네가 못되게 굴 때는 나도 네가 싫거든……."

난 랑베르와 어깨동무를 하고 정원 안쪽으로 들어갔다. 그의 분노가 쑥 가라앉았다. 그러나 그는 나 때문에 부담스러워 했다. 잠시 후에 그가 난감한 표정으로 말을 꺼냈다.

"그 애가 네 여자 친구라는 걸 알고 있었지만, 그래도 어쩔 수 없었어."

"알아. 그 앤 정말 끔찍했어. 내가 너였어도 너랑 똑같이 했을 거야." 내가 말했다.

"이제 어떻게 할 거야?" 랑베르가 물었다.

"그 애와 헤어질 거야."

"나 때문에? 나에 대한 우정 때문에 여자 친구와 헤어진다는 거야?"

"아니, 나 때문에. 어떻게 그런 여자애랑 계속 인생을 함께할 수 있겠어? 난 우리 엄마나 조에 누나 같은 여자 친구를 원해."

베르크로 가는 길

쥐스틴 아줌마는 아주 만족스러워 했다. 마침 지루하던 참이었기 때문이다. 그런데 아줌마가 내 질문에 대답하지 않아서, 난 다시 되풀이해야 했다.

"아줌마! 꿀벌에게 우리가 끝났다는 말을 어떻게 해야 될까요?"

"그냥 있는 대로 솔직하게 말하렴. 넌 나쁜 애고, 못된 애다. 그러니 이제 끝이다."

"네? 그건 너무 무례한 거 아니에요?"

"그럼 그 애는?" 아줌마가 내게 물었다. "그 애는 무례하지 않았니?"

"사실은……." 랑베르가 말을 끊었다. "난 장의 마음을 이해해요. 장은 꿀벌에게 화가 난 것처럼 보이고 싶지 않을 거예요. 그 새침하고 여우 같은 계집애는 장이 자기 때문에 슬퍼하는 줄 알고 좋아할 수도 있잖아요."

"그런 건 상관없어." 내가 말했다. "난 꿀벌에게 정말 실망했어. 하지만 됐어. 이젠 괜찮아."

"좋아, 너만 괜찮다면, 된 거야!" 자신과 관련되지 않은 것에는 어떤 일에도 결코 상관하지 않는 대모 아줌마가 외쳤다. 그리고 이렇게 덧붙였다.

"난 아직도 폴 에밀을 사랑해. 이번에 더 확인하게 된 거지. 그건 그렇고…… 여기 있는 사람들은 대체 언제쯤 집에 갈 생각인 거야!"

폴 에밀이 자기 시계를 들여다보며 말했다.

"이제 겨우 8시 20분이야. 자정이 되기 전엔 우릴 위해 온 손님들을 내쫓을 수 없어……."

랑베르는 별로 놀라지 않았다. 나의 대모가 좀 별난 사람이라는 말을 내가 미리 했기 때문이다. 하지만 시간이 흐를수록 난 아줌마의 이기적인 사고방식을 즐기게 된다. 아줌마 같은 사람은 나를 아주 자유롭게 해 준다. 대신 엄마는 언제나 나를 돕기 위해 존재한다.

"너희 둘은 언제든 우리 집에 와서 주말을 보내도 돼." 아줌마가 우리에게 제안했다.

"아줌마는 아이들을 귀찮아하잖아요." 내가 말했다.

"그래, 너만 빼고. 넌 귀찮게 굴지 않는 아이라는 걸 인정하니까. 더군다나 랑베르와 함께 온다면 더더욱 문제없지. 너희 둘이 알아서 시간을 보낼 테니까 말이야. 그러면 내가 신경 쓸 일이 전혀 없잖아."

랑베르와 나는 쥐스틴 아줌마 집에서 주말을 보낼 수 있다는 말에 귀가 번쩍 띄었다. 게다가 지하실에서 텐트를 찾아 줄 테니, 그걸 갖고 정원에서 자도 된다고 한 폴 에밀 아저씨의 말에 더 마음이 끌렸다. 난 정원 안쪽에서 할 일 없이 앉아 있는 엄마와 아빠에게 곧장 달려가서 물어봤다. 두 사람은 꽃 이름을 놓고 옥신각신하고 있었다.

"이건 제비꽃이에요." 엄마가 말했다.

"아냐, 카트린, 이건 리모니움이야."

"무슨 말이에요. 이건 제비꽃이라고요, 크리스티앙."

"아니라니까. 이건 리모니움이야."

"제비꽃이든 리모니움이든 그렇다 치고, 우린 몇 시쯤 돌아갈 수 있을까?" 엄마가 물었다. "난 갇혀 있는 포로 같아서 괴롭네요!"

엄마도 쥐스틴 아줌마와 똑같은 괴로움을 느끼고 있는 걸까?

"그럼 우리 지금 베르크에 가는 건 어때?" 아빠가 말했다. "내일까지 우리가 랑베르를 데리고 있지 뭐. 오늘 밤새 달리면 내일 아침에 바닷가에 도착할 거요."

"어머나, 당신 미쳤어요?" 엄마가 말했다. "적어도 600킬로미터는 되는 길을!"

"아냐, 229킬로미터야. 방금 내가 GPS를 봤거든. 그 정도야 누워서 떡 먹기야. 코딱지 파기보다 쉬운 일이지."

"아무리 쉬워도 코딱지 파지 않고 핸들을 똑바로 잡고 있으면 좋겠네요." 엄마가 말했다

"와우! 아저씨. 제발요! 베르크에 가요! 거기 데려다주세요!" 랑베르가 신이 나서 말했다.

난 조금 혼란스러웠다. 지금 당장 베르크로 가는 것도 신나는 일이지만, 아직 꿀벌과 완전히 끝을 내지 않은 상태에서 이 자리를 떠나야 한다는 생각 때문이었다. 지난 1년 동안 난 꿀벌을 아주 많이 생각했다. 그런데 이제 그 애와 헤어지면 난 누구를 생각해야 할까? 조에 누나에겐 조언을 구할 수 없게 되었다. 누나 곁엔 지금 에르베 형이 있기 때문이다. 누나가 아빠의 허락을 받아 에르베 형을 쥐스틴 아줌마 집으로 초대해서, 형이 자전거를 타고 방금 전에 도착한 것이다. 우리 집 차는 너무 작아서 아이 네 명을 태우고 올 수 없었기 때문이다. 에르베 형은 자전거를 주차장 자전거 거치대에 묶어 놓고, 찢어진 바지 차림으로 뷔페 테이

블 사이를 걸어 다니고 있었다. 물론 뷔페 테이블은 손님들 때문에 이미 황폐해진 후였다. 하는 수 없이 에르베 형은 엄마에게 혹시 부엌에서 빵 한 덩어리를 갖다줄 수 있느냐고 물었다.

"넌 정말 치유 불가능한 애로구나! 아직도 다른 사람의 도움을 받아 훔치려고 하니?" 아빠가 그에게 물었다.

그 말에 조에 누나가 아빠를 노려봤고, 아빠는 곧 너털웃음을 웃으며 에르베 형을 데리고 주방으로 갔다. 조에 누나는 에르베 없이 베르크를 간다는 건 생각도 할 수 없다고 말했다.

"나도 그 애를 데리고 가고 싶다만, 뒷좌석이 너무 좁아서 안 돼."

"아빠, 제발요! 아무리 비좁아도 끼어 앉으면 돼요." 누나가 징징거리면서 말했다. "우린 서로를 너무 사랑한단 말이에요. 이대로 떨어질 수 없어요……."

"여보, 정말 떠날 생각이 있다면 지금 당장 출발해야 해요." 엄마가 말했다. "얘들아, 준비됐니? 그리고, 에르베! 휴게소에 가서 샌드위치를 사 줄게, 괜찮겠니?"

"그렇게 해 주신다면 더없이 감사하지요. 고맙습니다, 아주머니."

"카트린이라고 부르렴."

"두 시간 만에 먹을 게 다 떨어진 결혼 기념 파티라니……! 술

직히 말해서…….” 아빠가 말했다.

“맞아요, 아저씨 말씀이 옳아요. 정말 최악이죠.” 에르베 형이 대답했다.

“그냥 크리스티앙이라고 부르렴.” 아빠가 말했다.

“네, 크리스티앙! 빵 한 조각도 안 남아 있는 뷔페 파티는…….”

“그래, 알아들었어, 에르베.” 아빠가 말을 끊었다.

엄마가 대모 아줌마에게 작별 인사를 하러 갔다. 엄마는 나만 데리고 가서 인사하고 오겠다고 했다. 여럿이 우루루 나가는 모습을 보면 다른 사람들도 떠나려고 할지 모른다면서. 쥐스틴 아줌마는 우리가 떠난다는 소식에 드러내 놓고 기뻐하며 말했다.

“드디어! 내 사랑하는 친구들, 지금 떠나는구나! 너횐 역시 멋져! 최고라니까! 갈 때 모터 소리 좀 크게 내 줘. 떠날 시간이 되었다는 걸 다른 사람들도 알 수 있게 말이야!”

난 뒤돌아서 주차장 쪽으로 향하는 엄마를 따라 가자니 마음이 영 편치 않아 잠시 멈춰 서 있었다.

“장! 빨리 타.” 랑베르가 멀리서 나를 향해 말했다.

아빠는 랑베르더러 내가 어디 있는지 물었고, 엄마는 다른 사람들에게 방해되지 않으려고 최대한 작은 소리로 나를 불렀다. 자노오오오오오오오오오! 가자! 서둘러어어어어어어!

하지만 엄마의 목소리도 내 걸음을 멈추게 하지 못했다. 난 로데리크과 춤을 추고 있는 꿀벌에게 가서 작별 인사를 해야만 했다.

"보다시피 난 지금 춤추고 있잖아." 내가 이야기 좀 할 수 있느냐고 물었을 때, 꿀벌은 그렇게 대답했다.

나는 춤추는 사람들 틈에서 그들에게 걸리적거리지 않기 위해 이리저리 몸을 움직여야 했다. 그때 멀리서 아빠 목소리가 들려왔다.

"서둘러, 자아아아아아앙! 우리 지금 출발한다아아아아아!"

꿀벌이 깔깔대며 웃었다.

"너희 아빠랑 엄마가 어린 아들을 부르시네! 9시 30분까지만 있어야 된다고 허락받은 거야? 우쭈쭈, 어린애들은 빨랑 집에 들어가야겠네."

"아니, 우린 지금 베르크로 떠나."

꿀벌이 더 크게 웃었다.

"좋겠구나! 휠체어 탄 애들이 우글거리는 베르크로 온 식구가 떼를 지어 우르르 몰려간단 말이지!"

"꿀벌! 넌 왜 그렇게 심술궂니?" 내가 말했다. "난 그냥 네게 작별 인사를 하고 싶어서 온 거야. 영원히 안녕이라고 말하고 싶어서."

"영원히?" 꿀벌이 멈칫하며 놀라는 표정을 하고 되물었다.

"응, 영원히. 혹시 또 모르지. 언젠가 네가 착해지려고 애쓴다면 또 만날 수 있을지도…… 수염 할매가 세상에 나쁜 사람은 없다고 하셨거든. 그리고 무릎 할배 말로는 나쁜 사람도 그의 마음을 만져 줄 수만 있다면 착한 사람으로 만들 수 있다고 하셨어. 내가 그 일을 제대로 해내지 못한 게 유감이야."

그렇게 말하고 나는 뒤로 돌아섰다. 무겁던 마음이 가벼워졌다. 나는 내 가족 중 아무도 부인하지 않으면서, 마음에 담아 둔 말을 할 수 있었다. 그리고 작별 인사도 했다. 꿀벌과 싸우지 않고도 떠날 수 있게 된 것이다. 내가 왜 굳이 꿀벌을 찾아갔는지 이해하게 된 아빠와 엄마는 날 부르는 걸 멈추고, 차 문을 닫은 채 자동차 안에 조용히 앉아 기다리고 있었다. 에르베 형은 딱 붙어 앉은 조에 누나 때문에 창문과 누나 사이에 끼어 꼼짝도 못 하고 있었다. 그래도 형은 우리와 함께 있는 게 몹시 즐거운 것 같았다. 내가 차 안에 올라타자, 에르베 형이 날더러 괜찮으냐고 물었고, 나는 홀가분해서 좋다고 대답했다.

이렇게 해서 우리는 출발을 알리는 모터 소리를 한껏 내면서 파티 장소를 떠났다. 차창 옆 백미러를 통해서 꿀벌이 손을 들어 작별 인사를 하는 게 보였다. 하지만 그 애가 정말 날 향해 손을 흔드는 건지, 다른 사람에게 하는 건지는 확신할 수 없었다. 아마 다른 사람을 놀리고 있거나 아니면 파리를 죽이려고 손을 흔든 건지도 모른다. 자기에게 아무 해도 끼치지 않은 작은 파리 한 마리를.

초콜릿 목덜미

랑베르가 욕실 안에 들어가서, 한껏 때 빼고 광내며 멋을 부리고 있다. 아빠와 엄마는 병원 옆에 있는 호텔을 잡았다. 그리고 우린 커다란 가족 방 하나를 얻어서 모두 함께 잠을 잤다. 아빠가 어찌나 웃기는 말을 많이 하는지, 우리는 새벽 5시까지 웃어야 했다. 랑베르가 젖은 머리를 양쪽 귀 옆으로 얌전히 빗어 넘긴 모습으로 욕실에서 나왔을 때, 우린 모두 한마디씩 평을 했다.

"정말 멋지구나, 랑베르!" 엄마가 말했다.

"머리 좀 다듬어 주실래요?" 랑베르가 엄마에게 말했다.

"왜?"

"평소엔 우리 엄마가 내 머리를 다듬어 주세요. 난 혼자서 못 하거든요……."

"자, 빨리 랑베르 머리를 다듬어 줘요." 아빠가 말했다. "그런 다음 곧 바닷가로 갑시다!"

조에 누나는 아직도 잠에 취해 있었다. 그래서 에르베 형이 누나를 부축해 줘야 했다. 그 모습을 보고 아빠가 짜증을 냈다.

"에르베! 괜찮아, 그렇게까지 안 해도 돼. 조에는 혼자서도 충분히 걸을 수 있단 말이야."

"죄송하지만 크리스티앙, 조에는 지금 선 채로 자고 있어요." 에르베 형이 아빠의 말을 무시하고 말했다.

드디어 바다가 보였다. 엄마는 바다를 보자마자, 마치 금방이라도 아기를 낳을 것처럼 모래밭으로 달려갔다. 나는 이 순간의 행복을 마음껏 누리고 있는 랑베르를 바라보았다. 한 밤 사이에 난 사랑하는 여자 친구를 잃었고, 랑베르는 사랑하는 여자 친구를 찾아왔다. 하늘에 태양이 높이 떠올랐다. 우린 모두 병원 테라스 앞에 섰다. 날씨가 화창한 날이면 레앙드라는 하루에 두 번 밖으로 나온다고 했다. 레앙드라는 지난번에 랑베르에게 쓴 편지에서, 다음에 만날 땐 깜짝 놀라게 해 주겠다고 약속했다는데, 오늘은 랑베르가 레앙드라를 깜짝 놀라게 해 주는 날이 되었다. 그는 레앙드라가 어서 나오기만을 기다렸다. 그 애가 얼마나 놀랄까! 랑베르가 엄마에게 부탁할 때마다 엄마는 순순히 그의 머리를 다듬어 주었다.

"죄송하지만, 아줌마. 내 머리 좀 다듬어 주실래요?"

그때 병원 테라스의 문들이 활짝 열렸다. 그리고 휠체어들이 앞으로 나왔다. 어떤 아이들은 혼자 휠체어를 밀면서 바닷가로 내려갔고, 또 어떤 아이들은 누군가가 휠체어를 밀어 주길 기다리고 있었다. 나는 눈으로 레앙드라를 찾았다. 그리고 레앙드라처럼 보이는 소녀를 볼 때마다, "저 애니?" 하며 랑베르에게 물어보았다. 그러면 랑베르는 그때마다 머리를 저으며 아니라고 말했다. 그렇게 얼마의 시간이 지나고 나자 병원 문들이 다 닫혔다. 그러나 어찌 된 일인지 레앙드라는 나타나지 않았다. 엄마는 랑베르의 어깨에 한 손을 살짝 얹었고, 아빠는 병원 안내실에 가서 물어보고 오겠다고 했다. 그때 랑베르가 아빠의 옷소매를 잡으며 흥분한 목소리로 말했다.

"저기 레앙드라가 오고 있어요! 저기요!" 모두들 랑베르가 가리키는 쪽을 바라보았다. 한 자그마한 소녀가 목발 두 개를 짚고서 테라스를 건너오고 있었다.

"아, 레앙드라가 걸어요! 걷고 있어요." 랑베르가 외쳤다. "보세요! 레앙드라가 걸어요!"

엄마가 훌쩍거렸다. 아빠는 미소를 지었지만, 눈은 붉어져 있었다. 랑베르 곁으로 다가간 에르베 형이 그의 어깨를 다정하게 툭 쳤고, 조에 누나는 랑베르의 등을 살짝 밀면서 말했다.

"뭐 하고 있어, 빨리 가 보지 않고! 얼른 뛰어가, 얼른!"

그리고 누나는 내게 이렇게 말했다.

"보렴, 장! 저런 게 사랑이야. 저런 걸 베르크 아니면 앙젤뤼레조시라고 부르는 거야. 저런 걸 엄마와 아빠, 크리스티앙과 카트린, 레레와 브루브루라고 부르는 거지. 바로 저런 걸 두고 '오늘 밤처럼!' 이라고 말하는 거고, '영원히 함께!' 라고 하는 거야. 또 베쥐브와 두메라고 부르는 거고, 바로 '너와 나' 라고 부르는 것이기도 해."

아빠와 엄마가 서로를 껴안았다. 랑베르와 레앙드라가 우리를 향해서 천천히 걸어오고 있었다. 누나가 살며시 내 손을 잡았다. 에르베 형은 하트 모양으로 생긴 조개를 주웠고, 나는 하늘을 바라봤다. 그리고 두 개의 작은 구름 사이로 태양이 날 향해 화살처럼 쏜 한 줄기 햇살을 보았다. 태양의 열기와 행복한 감정에 싸여 있는 나의 시야로 문득 한 소녀가 들어왔다. 레앙드라에게 다가가고 있는, 팔 하나가 없는 소녀였다. 그 애의 머리카락이 어찌나 황금빛이던지, 거의 흰색처럼 보일 정도였다. 아마도 내 또래인 듯했다. 그 애가 나를 보며 환하게 웃었다. 그 미소를 보는 순간, 난 멀리서도 벌써 그 애의 목덜미가 초콜릿 빛깔이라는 걸 확신할 수 있었다.

달콤쌉싸름한 꿀벌

초판 인쇄 2018년 2월 28일
초판 발행 2018년 2월 28일

지은이 클레르 카스티용
옮긴이 김주경
펴낸이 남영하

편집 장미연 한경애 **디자인** 박규리 **마케팅** 주영상

종이 세종페이퍼 **인쇄** 현문인쇄

펴낸곳 ㈜씨드북 **등록** 제2012-000402호
주소 03997 서울시 마포구 월드컵로16길 52-23
전화 02) 739-1666 **팩스** 0303) 0947-4884
홈페이지 www.seedbook.kr **전자우편** seedbook009@naver.com
인스타그램 instagram.com/seedbook_publisher
페이스북 facebook.com/seedbook.kr **카카오스토리** https://story.kakao.com/seedbook

Les piqûres d'abeille
by Claire Castillon

책값은 뒤표지에 있습니다. 잘못 만들어진 책은 구입하신 서점에서 바꾸어 드립니다.

ISBN 979-11-6051-169-7 (43860)

이 도서의 국립중앙도서관 출판예정도서목록(CIP)은 서지정보유통지원시스템 홈페이지(http://seoji.nl.go.kr)와 국가자료공동목록시스템(http://www.nl.go.kr/kolisnet)에서 이용하실 수 있습니다.
(CIP제어번호: CIP2018004694)